UN IMIGRANT

ROMAN POLIȚIST

ROXANA NĂSTASE

SCARLET LEAF

2018

ISBN: 978-1-988397-06-1

PUBLICAT DE SCARLET LEAF

TORONTO, CANADA

Mamei mele

Căreia îi place tot ceea ce scriu

CUPRINS

CAPITOLUL 1 – FELIAT CA UN CURCAN DE ZIUA RECUNOȘTINȚEI

'*Proastă mișcare, măi, Victore,*' îi trecu lui Victor prin minte, iar ochii săi albaștri, tăioși, cercetară umbrele înconjurătoare.

Neliniștea îi palpita în piept, și, fără să își dea seama, își frecă degetele între ele. Îi ardea buza după o țigară și încă rău de tot. Luase hotărârea să se lase de fumat, dar iată că voința îi era pusă la încercare din nou. Nu era ușor să te lași de fumat în profesia sa.

Un presentiment neplăcut îl măcina de când acceptase întâlnirea cu așa numitul informator la Grădina Muzicală. Privirea îi alunecă peste dumbravă încă o dată.

'*Nu-i un loc prea inteligent pentru o întâlnire clandestină,*' mustăci el, privind în jur cu teamă. '*În special, nu atât de aproape de miezul nopții și nu la Sarabandă,*' Victor își scutură capul, nemulțumit de lipsa sa de prevedere. *'Ar fi trebuit să insist să ne vedem la Preludiu sau Minuete,'* îşi repetă el pentru a zecea oară pe ziua aceea.

Impunătoare în lumina zilei, Sarabanda arăta sumbră în timpul nopţii. Lumina lunii, anemică, abia penetrând norii denşi şi greoi, nu-i era de nici un ajutor.

Meteorologul de serviciu anunţase ploaie din nou, dar Victor renunţase să se mai bazeze pe acurateţea buletinului meteo de ceva vreme. De trei zile, canalul meteo tot anunţa furtuni cu fulgere şi tunete, dar oraşul încă nu văzuse o picătură de ploaie şi nu auzise nici măcar un tunet. Călcând pe urmele celei mai fierbinţi veri înregistrate vreodată, acel septembrie târziu era sufocant, iar lumea s-ar fi bucurat de ceva ploaie.

Victor se sprijini de cel mai apropiat copac şi îşi verifică buzunarul unde îşi ascunsese un recorder. Ştia că sursei sale nu i-ar fi plăcut să afle că intenţiona să-i înregistreze povestirea, dar lui Victor nu-i păsa absolut deloc. În fond, plătea pentru informaţia oferită, iar dacă plătea, atunci înţelegea să beneficieze pe deplin de ea şi să o folosească după cum dorea el.

Neliniştit, stătea cu ochii în patru şi urechile ciulite. Ştia că din cauza nerăbdării sale de a rezolva cazul nu luase în calcul anumite măsuri de siguranţă elementare. Acum, trebuia să compenseze cumva pentru lipsa sa de prevedere, dacă dorea să-şi păstreze pielea intactă.

'Doar o simplă greşeală, şi gata te şi găseşti cu un pas mai aproape de mormânt. Ulciorul nu va merge mereu la apă, Victore,' reflectă el. *'Sunt mult prea*

bătrân să risc prostește. La naiba, sunt prea bătrân pentru toată aiureala asta,' se admonestă el, cu o clipă numai înainte de auzi un trosnet undeva în dreapta sa.

Nici nu întoarse bine capul spre locul de unde venise zgomotul, că un braț puternic îi și înfipse un cuțit în spate. Victor gemu și căzu buștean la pământ. Victor era un bărbat zdravăn, înalt de peste 1,80 și cântărind în jur de 100 kg, iar căderea lui s-a simțit ca un mic cutremur în mica dumbravă.

'Acum chiar sunt terminat,' reflectă el când durerea îi invadă creierul și îi clocoti în piept și în abdomen. *'Feliat exact ca un curcan de Ziua Recunoștinței,'* observă el cu amărăciune.

Degetele i se strânseră în frunzele de pe pământ și când îi ajunse la urechi sunetul unor pași îndepărtându-se, gratitudinea îl invadă. Cel puțin, nu se grăbea nimeni să se asigure că a fost într-adevăr ucis, gândi el, apoi își pierdu cunoștința.

***

Leah se strânse mai bine lângă Axel, ca și cum ar fi vrut să fure o parte din căldura lui, deși era destul de cald în noaptea aceea, chiar dacă ușa de la balcon rămăsese deschisă. Brațele lui o înconjurau, iar capul lui se odihnea pe creștetul capului ei. Din când în când, Axel își trecea absent buzele peste părul ei.

Leah se simțea comfortabil, prețuită și, destul de ciudat, protejată. *'Ce naiba! Doar nu am nevoie de protecţie, nu-i aşa?'* se întrebă ea, împinsă de la spate de o vagă mândrie feministă.

Leah pierduse socoteala serilor şi nopţilor pe care le petrecuse cu Axel. Zilele se adunaseră în săptămâni, iar săptămânile în luni. Ei bine, cam două sau trei luni, plus sau minus o săptămână sau două.

Leah nu dădea nici o atenţie filmului de la televizor - era mult mai interesată de mireasma şi căldura lui Axel. Închise ochii, respirând adânc, lăsând mirosul lui s-o învăluie, mulţumită că se găsea în braţele lui.

Gândurile lui Axel nu o copleşeau. Acum acest lucru i se părea odihnitor, chiar dacă la început, pentru o scurtă vreme, o deranjase că nu îi putea citi mintea.

Era o schimbare radicală pentru ea să nu poată desluşi un gând oarecare în mintea bărbatului cu care se întâlnea. Destul de des, în decursul întâlnirilor cu prietenii sporadici pe care-i avusese, acele gânduri reuşiseră să-i strice buna dispoziţie.

Cu Axel, necunoscutul era pur şi simplu înviorător. Trebuia să facă eforturi să ghicească ce dorea Axel pentru că nu putea ştii ce gândea el când o privea. Din cauza acestui efort, era mereu alertă şi, ca urmare, devenise din ce în ce mai apropiată de el.

În ciuda acţiunii de pe ecranul televizorului şi a exploziilor care răbufneau prin difuzoare, Leah adormi în braţele lui Axel, cu capul pe pieptul lui. Degetele i se împletiseră în cămaşa bărbatului, ca şi cum ar fi vrut să se lipească şi mai mult de el, iar

Axel surâse, lăsându-se uşor pe spate pentru a-i vedea chipul.

Axel îi doborâse zidurile de apărare ale lui Leah unul câte unul şi nu-i fusese deloc uşor. Nu pentru prima dată se întrebă dacă nu ar trebui să-i mulţumească acelei femei nebune care îl înjunghiase pentru că, după acel eveniment, Leah a avut grijă de el şi treptat a început să ţină la el, iar pentru el asta era ceea ce conta.

Din nou, Axel îşi sprijini bărbia pe creştetul lui Leah, şi deşi Leah îl amuza ochii i se întoarseră la film. Ea fusese cea care alesese acel film sângeros şi zgomotos, iar cu toate acestea, adormise.

Respiraţia ei echilibrată îl relaxă şi pe el, iar Axel îi mângâie braţul şi umărul cu atingeri tandre. Mintea începu să-i rătăcească, domolită, lipsită de orice tensiune.

Brusc, bărbatul respiră convulsiv, iar braţele i strânseră puternic în jurul trupului lui Leah, care se trezi cu o grimasă de durere pe buze.

-Ce s-a întâmplat, Axel? îl întrebă ea când ochii îi întâlniră privirea fixă a bărbatului.

Axel părea să se holbeze la un punct fix în spaţiu.

-Ce s-a întâmplat? întrebă ea din nou, iar de data aceasta, îl şi zgudui pentru a se asigura că Axel îi va da atenţie.

Axel clipi şi o privi confuz un moment, iar apoi îşi petrecu degetele peste obrazul ei cu tandreţe.

-Trebuie să plecăm acum, Leah, spuse el cu tristeţe.

-Să plecăm unde? întrebă ea, iar ochii săi îi trădau confuzia. Ce s-a întâmplat?

-Cineva s-ar putea să moară, replică Axel brusc pe un ton rece.

Ochii lui Leah se rotunjiră, iar buzele i se depărtară uşor din cauza surprizei.

-Acum? îl întrebă ea în şoaptă.

Axel se mulţumi numai să aprobe cu o înclinare a capului.

CAPITOLUL 2 – SOARTEI ÎI

PLACE O GLUMĂ BUNĂ

Se părea că de data aceasta, meteorologul de serviciu nu s-a mai înşelat. Fulgerul lumină cerul, iar ploaia biciui chipul lui Victor, care era pe jumătate îngropat în frunzele împrăştiate pe pământul dumbravei.

Gemând sub ploaia rece, Victor începu să se mişte şi deschise ochii cu efort. Durerea îl asalta de peste tot, dar cu toate acestea, îşi simţea spatele amorţit, ceea ce i se păru ciudat.

'Cât de potrivit. Voi muri biciut de ploaie,' mormăi el cinic, încercând să privească în jur, dar descoperi că privirea îi era înceţoşată. *'Cerc complet, hmm?'*

Victor îşi amintea tot ce-i povestise mama sa în legătură cu naşterea lui. Victor îşi făcuse intrarea în lume într-un sat mic din Transilvania la sfârşitul lunii septembrie.

'*Mda, încă cinci zile şi mi-aş fi sărbătorit ziua de naştere,*' făcu el haz de sine.

Plouase amarnic în noaptea când a apărut el pe lume. Maică-sa mai că nu a reuşit să ajungă la noul spital comunal.

Pe vremea aceea, spitalele se găseau în oraşele mari, în metropole şi capitalele de judeţe. Micul spital comunal reprezenta un proiect pilot, care nu fusese foarte bine gândit, din păcate.

Dacă era să se ia după cele spuse de maică-sa, Victor nu păruse foarte mulţumit de ambianţa spitalului şi cu o determinare înnăscută – aceeaşi determinare care îl va ajuta mai târziu să treacă prin multe încercări de-a lungul vieţii, bebeluşul şi-a făcut nemulţumirea cunoscută ţipând din toţi rărunchii.

Urletele lui s-au auzit dincolo de pereţii secţiei de maternitate improvizată şi le-au făcut pe cele două surori medicale de serviciu să se crispeze. Băiatul avea plămâni buni.

La acea vreme, nu i-a trecut prin minte că numele său va intra în cartea de istorie a micului pâlc de sătuce. Victor a devenit o celebritate în toată regula – primul prunc născut în noul spital construit la poalele muntelui.

'*Oare astea sunt tâmpeniile la care se gândesc oamenii când sunt gata să dea colţul?*' se minună Victor, flexându-şi degetele numai ca să se asigure că era încă în viaţă.

Apoi, Victor îşi scutură capul. El era un bărbat de acţiune şi nu îi stătea în fire să se dea bătut.

Încercă să se mişte, dar valurile durerii i se propagară rapid prin tot corpul. Îşi încleştă dinţii, şi un şuierat lung îi scăpă de pe buze.

'Trebuie numai să mă mai odihnesc o clipă,' trase el concluzia, când durerea i se mai ostoi. *'Apoi mă voi putea mişca, cu siguranţă,'* mormăi el cu determinare.

Indiferent de celelalte caracteristici ale sale, Victor era în primul rând un bărbat hotărât. Când lua o hotărâre, nu-şi mai schimba părerea prea uşor şi urma cu încăpăţânare acelaşi fir, chiar dacă finalul nu se dovedea a fi unul fericit. Acum decisese că va trăi, aşa că, fără îndoială, va supravieţui.

Îşi închise ochii şi îşi strânse pumnii. Se va odihni numai o clipă, iar apoi va încerca din nou să se mişte.

Între timp, avea timp să-şi analizeze viaţa. Nu avusese timp pentru aşa ceva în ultimii douăzeci şi doi de ani. Mai întâi mersese la facultate, iar apoi emigrase... O viaţă de om...

Venise în sfârşit vremea să privească în urmă şi să mediteze serios la tot ce-a făcut în viaţă şi unde a ajuns. Oricum, nu era ca şi cum ar fi putut să se mişte din acel loc ori să facă altceva pe moment.

Viaţa lui Victor urmase o cale predictibilă în primii săi optsprezece ani de viaţă. Victor nu fusese niciodată un elev foarte sârguincios, dar era inteligent şi, mai mult decât atât, avea o memorie foarte bună.

Era capabil să iasă din orice situaţie cu ajutorul cuvintelor. Nu se simţea vinovat defel când era nevoit să mintă, ba chiar minţea cu atâta convingere şi cu un chip atât de senin, încât oamenii credeau absolut tot ceea ce spunea.

În clasă, profesorii evitau să-i pună întrebări. Încercaseră ei la început, dar şi-au învăţat lecţia destul de rapid.

Victor avea un dar mai deosebit – vorbea repede şi în cercuri, astfel că toată lumea, inclusiv profesorii, deveneau confuzi. Nimeni nu mai ştia care era răspunsul corect după aceea.

Nu puţini profesori s-au găsit ulterior în situaţia de a căuta un răspuns în manuale după ce au avut plăcerea să discute un anumit subiect cu el. Ajungeau să se îndoiască de propriile lor cunoştinţe.

Oricum, nu era ca şi cum ar fi putut să-l facă să repete anul. Politica vremii era clară – nici un copil nu trebuia lăsat repetent.

Aşa că Victor a promovat an după an, iar în marea parte a timpului, cu note bune. Nu pentru că muncea din greu, ci pentru că pur şi simplu absorbea informaţia ca un burete când participa la ore. Această aptitudine l-a ajutat să fie admis şi în liceu.

În iarna celui de-al treisprezecelea an, lucrurile s-au schimbat, cel puţin la suprafaţă. Schimbarea a venit cu răsunetul revoluţiei, când noi posibilităţi apărură.

Trecerea de la socialism la capitalism a început, iar Victor a simţit că cel din urmă putea creea sau îngropa un om. Văzuse destule filme pe video – acea invenţie fantastică, care îi ostoise fantezia în ultimii doi ani, astfel că avea o oarecare idee despre ce se mai întâmpla prin lume.

Pusese deja ochiii pe câteva afaceri posibile, iar inima îi era și ea angajată bine în acele prospecte. Cu toate acestea, uitase un lucru important –avea, de asemenea, și o mamă foarte încăpățânată. Doar Victor îi semăna ei, până la urmă.

Ca majoritatea oamenilor care trăiau la țară și lucrau pământul, Maria Dobrotă avea un singur vis – ca fiul ei să facă o facultate și să obțină o diplomă.

După cum se obișnuia să se spună la țară, Maria își dorea ca băiatul ei să devină *domn*. Nu pentru că s-ar fi rușinat cu munca ei, ci pentru că munca de țăran era grea și i-ar fi rupt băiatului spinarea, iar ea dorea ca unicul său fiu să aibă parte de ceva mai bun.

Femeia a refuzat cu hotărâre să asculte cuvintele profesorilor lui, care o sfătuiră să-l trimită la o școală de meserii pentru că liceul era mult prea scump. Băiatul ar fi trebuit să meargă și să trăiască în capitala județului, iar aceea însemna bani pentru cămin și cantină.

S-a luptat cu ei când Victor al ei a terminat școala generală și a trecut examenul pentru prima treaptă de liceu, și s-a luptat cu ei și când a luat examenul de admitere pentru a doua treaptă de liceu.

Era mai mult decât decisă să se lupte cu ei din nou acum și s-a hotărât să plătească pentru meditații numai ca să fie sigură că fiul ei va deveni inginer. Sunetul acelui cuvânt în urechi o îmbăta de mândrie.

'*Oh, mamă, mamă,*' Victor reflectă cu tandreţe. Ea întotdeauna văzuse numai binele din el şi mereu l-a împuns să devină cineva.

Victor a încercat să-i schimbe părerea. I-a explicat că timpurile s-au schimbat, iar un inginer nu ar fi avut acelaşi prestigiu ca un om de afaceri, dar maică-sa era de neurnit.

Maria Dobrotă nu ştia nimic despre afaceri. Dar ştia că fiul verişoarei sale era inginer şi toată lumea îl respecta, chiar dacă nimeni nu ştia precis cu ce se ocupa.

Îşi dorea ca fiul ei să se bucure de acelaşi respect. Visa cu ochii deschişi la ziua când le va povesti oamenilor despre fiul ei, inginerul, cu mândrie.

Victor nu a avut nici o şansă să scape de soarta ce-i fusese decisă. A fost potcovit cu un profesor universitar pentru meditaţii în schimbul unei hălci bune din venitul părinţilor lui şi din bunurile lor agricole.

Tatăl lui Victor mai mormăia din când în când, dar, în casa lor, maică-sa conducea totul cu un pumn de fier şi ce spunea ea era sfânt. Bărbatul îşi agăţase pantalonii în cui în ziua când a luat-o de nevastă, deşi era mai înalt decât nevastă-sa cu mai mult de un cap.

Victor a blestemat orele de meditaţii, iar profesorul a scrâşnit din dinţi cu determinare. Chiar dacă Victor îl exaspera, şi-a dat toată silinţa să-l facă pe Victor să înveţe algebră, analiză matematică şi geometrie. Din fericire, lui Victor îi plăcea matematica.

După ce primele două luni de meditații la matematică au trecut, lui Victor i-a fost prezentat un alt profesor universitar care acceptase să-l mediteze la fizică, unul dintre subiectele care îi displăceau lui Victor cel mai mult. Dacă ar fi fost întrebat ceva din istorie sau literatură, ar fi știut totul despre acel subiect.

În propria lui apărare, bietul om nu a știut la ce se înhăma și făcuse pur și simplu o greșeală de calcul. Nu se gândise ce presupunea avantajul de a avea un student de la țară, care i-ar fi furnizat bunurile pe care nu le putea găsi în oraș la un preț rezonabil.

Nu prevăzuse nici că ar fi trebuit să acopere o bună parte din materie. Elevul său petrecuse anii de școală chiulind de la orele de fizică sau pur și simplu înnebunindu-i pe profesorii săi de fizică când se afla în clasă. Probabil, Victor petrecuse cel mult câteva minute cu manualul de fizică de-a lungul anilor.

Culmea ironiei, Victor a trecut examenul de admitere la Institutul Politehnic și a devenit student. Și-a găsit numele undeva pe la mijlocul listei cu admiși, dar numele lui era înscris pe listă.

Cu excepția mamei sale, toată lumea și-a scuturat capul cu neîncredere la auzul veștilor. Nici măcar Victor nu crezuse că ar fi fost posibil să stăpânească geometria și fizica destul de bine pentru a fi admis în facultate.

Meditatorii lui își adăugară performanța lui la portofoliile lor. Dacă au reușit ei să-l învețe suficient de mult pentru a fi admis la facultate, atunci puteau să mediteze pe oricine.

'*Evident că intenționau să profite de pe urma acelui succes,*' reflectă Victor. '*Aș fi făcut și eu același lucru, în fond,*' recunoscu el.

Victor încercă să dea din umeri, dar focul durerii i se propagă prin corp, trezind la viață terminații nervoase pe care ar fi preferat să le știe adormite. Încă o dată, scrâșni din dinți.

Ca să uite de durere, Victor se întoarse la trecut. Oricum nu era capabil să se ridice de-acolo și să se ducă altundeva. Onest cu sine însuși, admise că nu ar fi fost în stare nici măcar să se târască și că, de fapt, rămăsese blocat în dumbravă.

În ciuda revoluției, timpuri grele urmau să vină. Aparent, totul s-a schimbat peste noapte. Valorile au fost răsturnate, iar politica și-a arătat chipul hidos. Un tip chiar a spus pe postul național de televiziune că erau necesari cam douăzeci și cinci de ani pentru ca lucrurile să se îndrepte. Nu că Victor ar fi crezut în astfel de profeții făcute ad-hoc. Știa că întotdeauna totul depindea de oameni.

Prețurile aveau tendința să crească continuu. Uitaseră să mai și coboare. Fiecare dimineață aducea câțiva bănuți în plus la prețul pâinii și laptelui. Mulți își pierdeau somnul gândindu-se la asta.

'*Nu și mama,*' zâmbi el, amintindu-și de acel an.

Maică-sa era în al nouălea cer și nici că îi păsa de prețuri. Mergea țanțoșă pe strada principală și acosta lumea fără urmă de ezitare. Era plină de povești privind succesul fiului său.

Destul de curând, sătui să tot audă despre geniul lui Victor, oamenii au învățat să o ocolească.

Ori de câte ori se loveau de ea, fugeau repede la colţul străzii sau îşi aminteau de vizite pe care trebuiau să le facă chiar în acel moment.

Cu toate acestea, unii nu erau destul de iuţi de picior şi erau obligaţi să asculte din nou şi din nou povestirile ei legate de marea realizare a lui Victor. Evident că oamenii zâmbeau şi dădeau din cap aprobator, dar în gând îşi treceau în revistă cele mai suculente înjurături pe care le ştiau.

Trăgând adânc în piept mirosul frunzelor umede, Victor îşi aduse aminte că el pe vremea aceea nu avea nici un fel de griji. Chiar a petrecut şi o vară minunată înainte de primul său an de studenţie.

Maică-sa a decretat că băiatul a muncit suficient de mult şi merita cea mai bună vacanţă posibilă înainte de-a merge la facultate pentru a se pregăti pentru cariera vieţii sale. Era, în fond, ultima sa vară în care se putea bucura de fiecare zi fără nici o grijă pe umeri.

De asemenea, femeia exulta de fericire şi pentru că revoluţia pusese capăt stagiului militar obligatoriu. Astfel, Victor al ei nu mai era în situaţia de a-şi sacrifica un an din viaţă pentru a-l dărui milităriei.

În ciuda durerii resimţite, buzele lui Victor se arcuiră într-un surâs. Încă îşi mai amintea de acea vară.

Eforturile mamei sale îi dăruiseră o lună de vacanţă extraordinară şi piperată la mare. În acel an, avusese ocazia să vadă marea pentru prima dată şi aceasta l-a fascinat. Nu suficient ca să-l facă să uite de munţii lui, dar destul de mult ca să-l facă să viseze la ea din când în când.

La acea vreme, tatăl lui Victor a încercat să îi explice soţiei sale că totul era prea mult pentru ei. Nu câştigau destui bani şi deja îşi cheltuiseră cea mai mare parte a economiilor strânse cu meditaţiile lui Victor. În toamnă, trebuiau să plătească pentru căminul, cantina şi cărţile băiatului... Erau multe lucruri care trebuiau luate în considerare.

Victor nu s-ar fi calificat pentru bursă socială, iar cu recordul său şcolar, nimeni nu i-ar fi dat alt tip de bursă. Băiatul niciodată nu vânase notele mari.

Acum, la aproape patruzeci de ani, Victor înţelegea îngrijorarea tatălui său. Atunci, însă, fusese mai mult decât fericit să o aibă pe mamă-sa de partea lui.

Femeia pur şi simplu şi-a astupat urechile şi nu a vrut să audă nimic din ce spunea tatăl său. Ea ştia numai un lucru: băiatul ei avea nevoie de relaxare şi de o recompensă potrivită pentru reuşita sa. De aceea, i-a dat lui Victor destui bani ca să-i ajungă pentru o lună întreagă petrecută la mare.

Ea una era fericită. Acum, se considera deja mamă de inginer, de parcă Victor ar fi trecut deja prin cei cinci ani de facultate şi ar fi avut examenul de licenţă în buzunar.

Acea vacanţă i-a deschis larg orizontul lui Victor. Aflat pentru prima dată departe de aripa protectoare a mamei sale, Victor a văzut cam ce însemna viaţa. Anii petrecuţi în cămin în timpul liceului nu reușiseră să-l pregătească atât de mult precum acea vacanță.

Victor a pierdut un sfert din banii săi pentru vacanță în prima noapte petrecută pe plajă. Se alăturase unui grup de tineri mai în vârstă ca el, care l-au introdus frumuseții unui joc de cărți pe care nu-l mai jucase înainte — poker. Jocul l-a vrăjit pur și simplu.

Au urmat alte două nopți de pierderi, dar a strâns din dinți cu înverșunare și a perseverat. Mintea sa ascuțită l-a ajutat să absoarbă fiecare regulă și fiecare mișcare.

A patra noapte i-a adus premiul cel mare, iar din acel moment nu s-a mai uitat înapoi. Învățase ceva care îl va ajuta să pună mâncare pe masă și un acoperiș deasupra capului ori de câte ori viața l-ar fi trântit la pământ.

Degetele lui Victor îndepărtară frunzele. Își puse capul pe brațele îndoite, iar un surâs îi încolți în colțul gurii.

Își amintea în detaliu surpriza părinților lui când a încetat să le mai ceară să-i trimită bani. Când a început să le și trimită el bani acasă, au fost mai mult decât uluiți.

Victor încă își mai putea aminti mândria tatălui său când i-a spus că și-a găsit o slujbă. Evident că omul nu avea nici o idee că slujba lui Victor era să le golească buzunarele oamenilor cu bani jucând poker.

Dar cel puțin, jucând poker a reușit să plătească pentru cei cinci ani de cămin, pentru cantină, manuale și toate celelalte cărți pe care și le dorea. Îi plăcea să citească, iar cu banii pe care-i câştiga, putea să-şi cumpere acum toate cărţile la care altă dată doar jinduise.

Victor oftă, privind fix în noapte, iar mulţumirea îi sclipi în ochi. Cel puţin a reuşit să-l facă fericit pe bătrânul său tată o dată în viaţă.

Brusc, îi ajunse la urechi ecoul unor paşi iuţi venind dinspre direcţia grădinii Gigue. Trepidând, Victor îşi ridică capul şi se uită fix, fără să clipească, în noapte.

Anxietatea şi teama îl încolţiră, iar el împinse cu putere în palmele proptite pe pâmant ca să se poată mişca. Instantaneu, durerea îi radie peste tot spatele, dar, cu determinare, scrâşnind din dinţi, continuă să se târască sub un copac. Se simţea de parcă s-ar fi mişcat prin molasă. Fiecare centimetru cucerit îi aducea din ce în ce mai multă sudoare şi durere.

'Cel puţin sunt încă în viaţă,' reflectă Victor. *'Dar nu pentru multă vreme dacă nu mă mişc de pe nenorocita asta de cărare,'* mormăi el şi împinse mai tare în braţe, strângând din dinţi pentru a-şi amuţi gemetele.

-A căzut undeva pe aici, o voce puternică de bărbat străpunse liniştea.

-Eşti sigur? Nu văd pe nimeni, îi replică o voce joasă, dar care clar aparţinea unei femei. Îndoiala era evidentă în vocea ei.

Victor se opri şi încercă să devină una cu pământul. Ştia că acum se găsea în umbră şi ei nu-l puteau vedea.

-Îl aud, spuse femeia cu entuziasm, iar Victor se strâmbă.

'*Cum naiba mă poți auzi?*' se întrebă el, iar ochii i se măriră de uluire. Degetele-i săpară în solul dumbravei, ca și cum ar fi vrut să se ancoreze acolo.

'*Nu spun nici o iotă,*' gândi el febril. '*Nu mi-am pierdut mințile într-atât încât să vorbesc fără să-mi dau seama, nu-i așa?*'

-Da, îl aud și eu, replică vocea bărbatului. Și-a păstrat umorul așa că probabil starea lui nu e foarte proastă, remarcă el ironic.

Sprâncenele lui Victor i se ridicară pe frunte. '*Cine naiba sunt oamenii ăstia? Mai mult decât atât, ce naiba vor de la mine?*'

-Nu aud pe nimeni altcineva în jur, spuse femeia. Scoate-ți lanterna, spuse ea poruncitor.

'*Parcă ar fi un sergent major,*' mustăci Victor, ascultând cu mare atenție la fiecare sunet pe care cei doi îl făceau.

CAPITOLUL 3 – UNEORI

DUMNEZEU ÎȚI PUNE MÂNA

ÎN CAP

Victor renunță să mai facă pe mortul în păpuşoi când lumina lanternei mătură peste el. Nu-i cunoştea pe cei doi oameni, dar oricum nu existau decât două opțiuni viabile — aceştia fie veniseră să-l salveze, fie să-l termine. Nu exista o a treia posibilitate.

Îşi ridică capul şi scrâşnind din dinţi se întoarse spre lumină. Lanterna îl orbi si de data aceasta nu-şi putu opri un geamăt.

-E acolo, spuse bărbatul, si se grăbi spre el pentru a îngenunchea lângă Victor. Hei, amice, mai eşti cu noi? întrebă el, iar Victor îi simţi zâmbetul din voce.

Victor mârâi şi dădu din cap scurt. Nu ştia dacă mai avea voce sau nu. Ochii lui cercetară chipul bărbatului şi, satisfăcut că nu l-a mai văzut niciodată înainte, îşi lăsă fruntea să-i cadă din nou pe braţele îndoite şi închise ochii.

-Este încă în viaţă? se auzi vocea femeii.

-Da, este. Ce ar trebui să facem acum? întrebă bărbatul, iscând curiozitatea lui Victor.

'De ce oare îi cere ei părerea?' se gândi el, iar câteva clipe după aceea, râsul bărbatului umplu aerul.

-Pentru că ea este şefa acum, bărbatul replică cu umor.

Cuvintele lui îl şocară pe Victor şi acesta pur şi simplu îngheţă, ochii lui fixându-se pe Axel. Nici măcar nu putea clipi.

-Uite ce-ai făcut acum, Axel, îşi admonestă femeia însoţitorul. L-ai înspăimântat.

-Va supravieţui, răspunse Axel pe o voce pragmatică, iar Victor avu impresia distinctă că bărbatul a ridicat din umeri cu nonşalanţă.

-Cine sunteţi voi, oameni buni? Victor mormăi, incapabil să-şi mai ţină gura închisă nici măcar pentru un moment.

Avea senzaţia că a aterizat într-o dimensiune bizară. De data aceasta, era sigur că nu a spus nimic cu voce tare.

Mâna rece a femeii îi îndepărtă părul de pe frunte, alinându-i febra care îi creştea.

-Sunt Leah MacKay. Sunt detectiv, iar acesta este prietenul meu, Axel Arnett, replică ea pe o voce blândă. Voi chema o ambulanţă pentru tine, continuă ea.

Femeia încercă să se ridice, dar degetele lui Victor i se încleştară pe încheietura mâinii cu o putere surprinzătoare.

-Nu chema poliţia, mormăi Victor.

Îşi muşcă buzele. Mişcarea bruscă îi eliberase mii de săgeţi dureroase de-a lungul şirei spinării şi bazinului.

Arnett izbucni într-un râs viguros. Sunetul râsului său îl zgârie pe Victor pe nervi şi dacă ar fi avut suficientă putere, l-ar fi pus pe bărbat la pământ cu un pumn bine plasat.

-Îmi pare rău, amice, poliţia e deja aici, îi explică Axel vesel, ceea ce îl făcu pe Victor să strângă din dinţi din nou.

Cu blândeţe, Leah îi desprinse degetele de pe încheietura mâinii ei şi îşi scoase telefonul celular din buzunar. Formă 911 şi îi explică operatorului cine era şi că avea nevoie de o ambulanţă şi de echipa sa specială la grădina Sarabanda.

Învins, Victor oftă şi-şi puse capul pe braţe din nou. O dată, vazuse la televizor o reclamă cu un mic hârciog care tot încerca să iasă dintr-o gaură din pământ numai pentru ca să fie lovit cu un ciocan în cap de fiecare dată. Acum, el era acel hârciog. Pierduse controlul asupra vieţii lui. *'Eh, nu e ca şi cum ar fi pentru prima dată,'* mustăci el.

Axel Arnett se aplecă de-asupra lui şi îi şopti:

-Totul va fi bine, nu-ţi fă griji. Ea e cea mai bună.

-De-asta mi-era şi teamă, mormăi Victor, făcându-l pe Axel să râdă pe înfundate.

Lui Axel îi plăcea bărbatul şi era satisfăcut că ajuseseră la el în timp util. Spera că va supravieţui.

Axel își dăduse seama că Victor era un bărbat puternic și conta pe constituția lui. Nu părea să fie un om care putea fi doborât cu ușurință.

***

În mai puțin de cincisprezece minute, locul colcăia cu oameni. Se părea că detectiva, Leah MacKay, avea destulă influență.

Doi paramedici l-au tot consultat până ce Victor a simțit dorința de a-i pocni zdravăn peste cap și în mod repetat. Doar se afla deja doborât la pământ, așa că nu era necesar ca cei doi să își dea atât de mult silința pentru a-l termina.

În ciuda consultului, paramedicii nu îndepărtaseră cuțitul, care rămăsese înfipt în spatele lui, iar pentru aceea Victor îi mulțumi lui Dumnezeu.

Îi era teamă că dacă i-ar fi scos cuțitul din spate, și-ar fi pierdut cunoștința și simțea că era imperativ să-și păstreze facultățile mentale în funcțiune. Mai mult decât atât, se îndoia că scoaterea cuțitului ar fi fost o idee prea bună.

După ce paramedicii au terminat cu examinarea lui, s-au pregătit să îl ia de-acolo. L-au pus cu fața în jos pe brancarda pe care o aduseseră cu ei, și l-au securizat cât de bine au putut.

Leah, care până atunci își făcuse de treabă lătrând ordine în stânga și în dreapta, se apropie de ei cu pași mari.

-Deci, ce spuneți? O să fie bine?

Unul din paramedici dădu din cap afirmativ, dar celălalt, o femeie, doar ridică din umeri.

-Nu ştim incă, specifică femeia. Vor trebui să-l examineze la camera de urgenţe, dar va supravieţui până ce va ajunge acolo, explică ea pe un ton sec.

Leah dădu din cap că a înţeles, iar apoi i se adresă lui:

-Înainte de a pleca, da-mi numele tău şi arată-mi din nou unde exact este locul unde ai fost atacat.

Victor îşi fixă ochii de un albastru întunecat pe chipul ei. Reflectă la întrebările ei câteva clipe, dar ştia că va trebui să-i dea răspunsuri cinstite până la urmă.

-Victor Dobrotă, se prezentă el pe o voce uşor răguşită.

Leah spuse numele pe litere în timp ce îl nota, iar el aprobă maniera în care l-a scris.

-Şi exact unde erai când ai fost înjunghiat? repetă ea întrebarea precedentă.

Victor arătă spre marginea dumbravei.

-Chiar acolo, cred. Poate câţiva paşi mai în umbră, pentru că nu doream să fiu văzut. Nu că asta mi-a făcut vreun mare bine, mormăi el, vizibil supărat, în mare parte pe el însuşi.

Leah îi zâmbi. Înţelegea mânia lui şi îl compătimea pentru ce i se întâmplase.

-În regulă, Victor. Acum, du-te la spital şi voi veni să te văd acolo după ceva vreme. Este bine aşa?

Victor aprobă cu o mişcare scurtă a capului, iar apoi îşi propti capul pe braţul drept, închizând ochii. Nu era el o violetă ofilită, dar, cu toate acestea, evenimentele nopţii îl storseseră de puteri.

***

Victor a scrâşnit din dinţi când l-au mutat de pe targă pe patul de la CT-scan. A scâşnit din dinţi ceva mai mult când l-au mutat din nou în sala de operaţii.

După ce l-au anesteziat, scrâşnitul s-a oprit. A întâmpinat cu bucurie întunericul, deşi nici jumătate de oră mai devreme se străduise din greu să rămână conştient.

Două ore mai târziu, Victor a deschis ochii încet şi s-a regăsit într-o rezervă din secţia de terapie intensivă.

'Mda, cam era şi timpul să vizitez unul din aceste locuri,' se gândi el cu sarcasm.

Nu mai fusese niciodată în spital, deşi preocupările lui de-a lungul vieţii de adult ar fi garantat-o de câteva ori.

Victor avusese destule zgaibe şi răni de-a lungul copilăriei şi mai târziu când era adolescent. Era el lumina ochilor mamei sale, dar aceasta nu însemna că Maria Dobrotă era genul care să-l menajeze sau să-l răsfeţe. Mai mult decât atât, mamă-sa nu-i iubea pe doctori prea mult.

Mai târziu în viaţă, a învăţat să nu lase nimic să îl doboare. Deseori şi-a ignorat vânătăile sau loviturile şi nici măcar vreo câteva contuzii nu l-au făcut să-şi oprească activităţile.

Victor privi în jur cu curiozitate vie şi văzu că al doilea pat al salonului era gol. Încercă să ridice capul să vadă încăperea mai bine, dar un val de greaţă i se ridică în gât. Renunţă şi-şi lăsă capul să cadă cu zgomot pe pernă, ceea ce-i făcu ochii să i se rostogolească în cap.

Îşi simţea gura uscată şi-şi trecu limba peste dinţi, dar nu reuşi să scape de senzaţia de uscăciune. Gâtul îl durea şi instinctiv simţi nevoia să tuşească. Cu toate acestea, nu avea puterea să o facă.

Când uşa se deschise, îşi ridică capul să vadă cine a intrat în cameră şi gemu. Mai întâi încercă să-şi mişte braţul drept, dar ceva îl ţinea pe loc şi o uşoară panică i se strecură de-a lungul şirei spinării.

-Lasă-mă să te ajut, veni o voce melodioasă, urmată de paşi repezi, înnăbuşiţi de tălpile cauciucate ale pantofilor pe care-i purta sora medicală.

Aproape se aşteptase să vadă un chip angelic care să se potrivească cu vocea. Când femeia îi apăru în raza vizuală, mai că tresări. Sora medicală era urâtă ca păcatul, dar cu toate acestea, ochii ei îl încălzirà până în străfundurile sufletului.

Mâna ei răcoroasă îi atinse mai întâi fruntea, iar apoi, femeia îi zâmbi.

-Ridic patul doar un pic, ca să nu mai fie nevoie să ridici capul, da? îi spuse ea, iar Victor clipi.

Nu credea că ar fi putut să-şi mişte capul fără ca valul de greaţă să se întoarcă.

-Este posibil să simţi ceva greaţă şi uscăciune a gurii pentru o vreme, îi explică ea. Este efectul secundar al anesteziei, dar va trece curând, îl asigură ea.

-Mulţumesc, se simţi el obligat să spună, iar vocea îi sună răguşită.

Sora medicală îl bătu uşor pe piept şi-i zâmbi din nou.

-Mai odihneşte-te încă puţin pentru o vreme. Poliţia va veni curând să discute cu tine. Dacă ai nevoie de ceva, gesticulă ea, de exemplu apă sau gheaţă, doar spune-mi. Vezi butonul acesta de aici? îi arătă ea un buton la care ar fi putut ajunge cu mâna sa stângă. Dacă îl apeşi cineva va veni la tine imediat.

-Mulţumesc, spuse el din nou, iar ochii lui o urmărirâ până ce a părăsit încăperea.

După ce uşa s-a închis în urma ei, Victor s-a relaxat uşor. Gândindu-se la tot ce urma să se întâmple mai târziu, se decise să mai doarmă un pic. Obosit, adormi în câteva secunde, fără să aibă vreme să mai reflecteze la nimic altceva.

CAPITOLUL 4 – DAREA DE SEAMĂ

Victor se trezi la 7:30 când o altă soră medicală intră în rezerva sa de terapie intensivă pentru a-i verifica tensiunea şi febra. Când a dat cu ochii de ea, pupilele i s-au dilatat, mulţumit de ce avea în faţa ochilor.

'Asta este o frumuseţe, pe bune,' bărbatul din el zâmbi, interesul fiindu-i aţâţat.

Apoi femeia a deschis gura, iar el a tresărit. Vocea ei atingea note foarte ridicate, ceea ce îl călca pe nervii deja întinşi la maximum.

-Suntem bine în dimineaţa aceasta, hmm? spuse ea cu veselie, iar Victor simţi imediat nevoia să-i astupe gura cu ceva ca să o amuţească.

Femeia îi verifică febra şi tensiunea, dar în tot acel timp, gura nu-i tăcu nici măcar o clipă. Victor simţi începutul unei dureri puternice de cap pulsându-i în creier.

Fericită ca o ciocârlie, ea continuă să ciripească.

-Nu mai avem febră atât de mare ca înainte. Tensiunea este aproape de normal. Da, suntem bine, spuse ea în continuare.

'*Noi... noi...*' Victor mormăi în barbă şi se încruntă.

Femeia îi vorbea de parcă ar fi fost un om redus mental. Bărbatul nu-şi putea aduce aminte când i s-a întâmplat ca cineva să-i fi vorbit în acel fel ultima oară, dar era mai mult ca sigur că nimeni nu a îndrăznit aşa ceva în ultimii săi treizeci şi cinci de ani.

Nerăbdător să o vadă plecată, a întrebat-o abrupt:

-Când va veni doctorul?

-Probabil într-o oră sau cam aşa ceva, îl mângâie ea uşor pe braţ, iar apoi îşi făcu de lucru cu perfuzia câteva minute. Vom fi cuminţi până atunci, nu-i aşa?

-Nu ştiu ce ai tu de gând să faci, se răsti el la ea cu răutate, dar eu intenţionez să recuperez din somnul pierdut.

Ochii femeii se rotunjiră auzind tonul vocii lui. Uimită pentru o clipă, ea rămase pironită în acelaşi loc, incapabilă să se mişte, apoi, îşi scutură capul, şi replică:

-Atunci te las. Dacă ai nevoie de ceva, nu trebuie decât să mă chemi, iar eu voi veni de îndată, încercă ea să-i zâmbească, dar veselia îi dispăruse din ochi.

El dădu scurt din cap, numai ca să o vadă că iese din încăpere. Începuse de altfel să se întrebe dacă femeia nu avea cumva de gând să ducă la bun sfârşit acţiunea începută de atacatorul lui. Nu exista nici o îndoială că se afla pe calea cea bună. Acum capul îi pulsa de durere, iar ochii îi ardeau.

'Prea devreme în amărâta asta de dimineață să ascult la trăncăneala ta,' se gândi el.

Ofensată, sora medicală părăsi încăperea cu pași țepeni, iar mersul și ținuta ei îi aminteau de o mătură.

Victor își dădea seama că o supărase, dar nu concepea să admită ca cineva să-l trateze diferit numai pentru că fusese rănit. Fusese el înjunghiat în spate, era adevărat, dar creierul încă îi funcționa.

Mai mult decât atât, Victor niciodată nu petrecuse dimineața cu nimeni de când avusese proasta inspirație de a petrece o scurtă vacanță cu o femeie, în urmă cu vreo zece ani. Mai avea încă coșmaruri ori de câte ori își amintea de acea vacanță.

Victor era obișnuit numai cu propria sa companie înainte de amiază și nu avea nevoie de mai mult de atât. Nu se obosea nici măcar să pornească radioul înainte de a-și fi băut cafeaua și a-și fi luat micul dejun. Îi displăcea cel mai mic zgomot dimineața la prima oră.

Își închise ochii din nou. Se îndoia că va mai adormi, dar trebuia să-și adune gândurile.

Victor își aducea aminte de detectiva care l-a găsit la Sarabandă și știa că aceasta se va întoarce curând pentru a-i pune întrebări. Nu știa cât de mult să dezvăluie din ceea ce știa, mai ales că nu avea suficiente dovezi pentru a-și susține ipotezele.

Mai mult decât atât, se mândrea că întotdeauna termina ceea ce începea. Se temea că dacă ar fi oferit poliţiei informaţia pe care o deţinea, poliţiştii l-ar fi înlăturat din investigaţie.

În ciuda acelui gând neplăcut, se îndoia totuşi că ar fi fost capabil să-şi continue propria investigaţie în zilele următoare, ba chiar mai mult, în următoarele două săptămâni şi nu-şi dorea să audă că altcineva a murit pentru că el nu fusese capabil să acţioneze. Lista victimelor era deja destul de extinsă.

'*Asta este o dilemă,*' reflectă el, iar apoi începu să bată darabana cu degetele pe piept, fără să-şi dea seama de preocuparea sa.

Brusc, Victor îşi aminti de conversaţia ciudată pe care o avusese cu detectiva şi prietenul ei în timpul nopţii. Nu-i venea să creadă că cei doi i-au auzit gândurile, dar era convins că nu spusese acele lucruri cu voce tare.

Poziţia lui vis-a-vis de existenţa puterilor paranormale fusese mereu echivocă. Nu-şi petrecuse prea mult timp gândindu-se la aşa ceva, dar nici nu putea afirma că nu credea faptul că unii oameni deţineau anumite puteri speciale.

'*Probabil ţine de puterea de concentrare a fiecăruia,*' medită el ridicând din umeri. '*Oricum, dacă într-adevăr detectiva aceea este capabilă să citească mintea oamenilor, atunci nu are nici o importanţă dacă vreau eu să dezvălui ceva sau nu. Oricum va afla tot ce vreau să ascund.*'

Un surâs îi apăru pe buze când imaginea tatălui său îi apăru brusc în minte. Bătrânul Dobrotă nu avea puteri paranormale, dar mereu ghicea ce a făcut Victor sau ce intenţiona să facă.

Dorul din piept îl făcu să-şi strângă pumnii. În cincisprezece ani, îşi vizitase părinţii numai de şase ori şi nu reuşise niciodată să-i convingă să vină să-l viziteze.

Cel puţin învăţaseră să converseze pe Skype. Victor chicoti când îşi aminti de discuţiile ce aveau loc între părinţii lui în timpul primelor conversaţii cu ei pe Skype. La vremea aceea, avea dorinţa să-şi smulgă părul din cap, dar acum, găsea acele discuţii amuzante.

Fără să-şi dea seama, Victor aţipi cu un zâmbet pe buze.

***

Leah, urmată de Axel, intră în salonul de terapie intensivă. Ştia că de fapt încălca procedura permiţându-i lui Axel să vină cu ea, dar intenţiona să clarifice totul cu şeful poliţiei mai târziu.

Oricum, poliţia se afla deja pe punctul de a-l angaja pe Axel pe poziţia de consultant. Diploma lui în psihologie, precum şi ajutorul său într-un caz anterior, în care *'citise'* comportamentul persoanelor implicate, pavaseră calea spre acceptarea lui în serviciul poliţiei.

Datorită *'ajutorului lui ca psiholog'*, reuşiseră să prindă persoana vinovată şi să exonereze inocenţii într-o perioadă foarte scurtă de timp.

Evident că şeful poliţiei nu era la curent cu faptul că Axel deja ştiuse care era adevărul. În timpul uneia din viziunile lui, îl văzuse pe vinovat luându-i viaţa victimei. *'Determinase'* restul pentru că pur şi simplu citise gândurile indivizilor implicaţi.

'Dar desigur, nu am putea să-i spunem asta şefului,' Leah mustăci. *'Şeful şi-ar ieşi din pepeni de-a binelea dacă ar auzi aşa ceva.'*

Leah nu-l putea lua pe Mark, subordonatul ei, cu ea la spital. Se temea că Victor va divulga ceva din ce se întâmplase cu o seară înainte când ajunseseră la locul atacului şi ultimul lucru pe care şi-l dorea ea era ca anumite idei să încolţească în mintea lui Mark.

Deja Mark demonstra anumite semne de gelozie bizare vis a vis de Axel. Şi nu pentru că ar fi avut el vreun interes în Leah.

Nici nu au închis bine uşa în spatele lor, că Victor se şi trezi, privindu-i fix cu precauţie.

'Acesta e un bărbat care are instincte foarte bune,' îi trecu prin minte lui Leah. *'Mă întreb unde şi cum de şi le-a şlefuit atât de bine.'*

"Bună dimineaţa," l-a salutat ea cu un zâmbet în colţul buzelor.

Axel pretinse a-şi ridica o pălărie imaginară în faţa lui Victor şi îi zâmbi.

-Bună dimineaţa, replică Victor, iar vocea lui îi trădă oboseala.

-Ştiu că este devreme şi că ai nevoie de mai mult timp ca să-ţi revi, se scuză Leah după ce aruncă o privire la ceasul de la mână. Am vrut însă să te prindem şi pe tine şi pe doctor în acelaşi timp şi ştiu că doctorul tău ar trebui să facă runda saloanelor cam pe la ora asta, ridică ea din umeri.

-De ce-ai vorbi tu cu doctorul meu? o întrebă Victor pe un ton dur.

Ochii i se îngustaseră de neplăcere. Niciodată nu suferise oamenii care credeau că pot interveni în viaţa lui, iar intenţia detectivei îl zgândăra mai mult decât în mod obişnuit.

-Trebuie să avem grijă de tine, replică ea pe un ton calm, aparent nefiind ofensată de mânia lui. Dacă îţi aminteşti, cineva a tăiat o feliuţă din tine seara trecută.

-Bineînţeles că îmi amintesc, mârâi el. Doar sunt prizonier în acest pat de spital, nu-i aşa? Nu este ceva uşor de uitat, mormăi el în continuare, iar mânia îi fulgeră în ochi.

Axel mai că rânji când observă sclipirile din ochii albaştri ai bărbatului. Victor nu era un bărbat domesticit şi nu suferea cu uşurinţă ordinele.

-Eşti un lup singuratic, nu-i aşa?

Întrebarea părăsise gura lui Axel înainte ca el să-şi fi dat seama că vorbeşte. Atât Leah cât şi Victor se holbară la el, uimiţi peste măsură.

-Ignoraţi-mă, îi invită Axel cu o ridicare a indiferentă a umerilor. Mi se mai întâmplă uneori să-mi meargă gura fără mine.

-Oricum, oftă Leah dându-şi ochii peste cap, hai să ne întoarcem la oile noastre.

Buzele lui Axel zvâcn. şi gestul lui îl făcu pe Victor să surâdă, de asemenea.

-Foarte bine, detective, ce vrei să ştii? întrebă el.

-Ce s-a întâmplat aseară, de exemplu, spuse Leah îndreptându-şi spatele.

-E imposibil să nu fi văzut ce s-a întâmplat aseară, îi replică Victor pe un ton sec. După cum ai remarcat deja, cineva a încercat să mă facă feliuţe.

-Da, aceasta a fost foarte clar, replică ea cu răbdare. Dar de ce? Aceasta-i întrebarea, nu-i așa?

Victor ridică din umeri și nu simți nimic mai mult decât o ușoară durere. *'Cel puțin au medicație bună contra durerii pe-aici,'* reflectă el.

-Nu te juca de-a inocentul, Victor, se răsti ea. Știi de ce.

Victor își îngustă ochii și o reevaluă pe detectivă. Leah MacKay nu arăta deloc rău, dar mai mult decât atât, avea o șiră a spinării de oțel. Privirea ei trecea prin zidul lui protectiv și aceasta nu-i surâdea deloc.

'Cât de mult ar trebui să mărturisesc?' Victor căzu pe gânduri, nefiind sigur de ce ar trebui să facă.

-Absolut totul, Victor, remarcă Axel pe un ton sfătos.

Mânios, Victor ridică ochii săi albaștri întunecați spre el, iar Axel remarcă tumultul furtunos din pupilele lui.

-Tu chiar îmi citești gândurile, îl acuză Victor. La fel și ea, spuse el, cu un gest mânios spre Leah.

Netulburat de furia lui Victor, Axel doar ridică din umeri.

-Am crezut că deja am stabilit aceasta seara trecută.

-Atunci de ce să vă mai obosiți să-mi puneți întrebări? replică Victor, iar vocea îi tremura de supărare.

-Pentru că așa este politicos, replică Leah cu blândețe. Aș prefera ca tu să-mi spui cum stau lucrurile. Nu-mi place să invadez gândurile nimănui.

-Ha! o sfidă Victor cu neîncredere.

Până în clipa aceea, nici unul dintre ei nu făcuse nimic altceva decât să-i sondeze mintea.

-Nu, Leah spune adevărul. Nu-i place să tragă cu ochiul în mintea altuia, îi explică Axel. Eu, pe de altă parte, nu am asemenea remușcări. Dacă vreau să aflu un lucru, atunci fac tot posibilul să-l aflu, dădu el din umeri cu indiferență. Știi cum este, în fond. Noi doi suntem același soi de oameni, explică el, fluturându-și mâna între ei doi.

-Nu aș spune asta, replică Victor înfierbântat. Eu unul nu pot să-ți citesc mintea ta afurisită.

-Nu, nu poți. Dar eu vorbeam despre genul de oameni care suntem. Și tu ești un om capabil să facă absolut tot ce este necesar pentru a obține ceea ce vrea, elaboră Axel.

-Hmm, nu te înșeli, răspunse Victor gânditor. Sunt in stare să fac absolut tot ceea ce este necesar...

Victor își coborî privirea, aparent extrem de interesat de liniile palmei sale. Leah îi aruncă o privire întrebătoare lui Axel, iar el îi făcu semn să aibă răbdare.

Axel se îndreptă spre colțul încăperii și se întoarse cu scaunul pe care-l văzuse acolo mai devreme. Îl așeză lângă patul lui Victor și o invită pe Leah să ia loc. El rămase în picioare lângă ea, mâna sa odihnindu-se pe spătarul scaunului.

Victor renunțase să pretindă că ar avea un interes profund în citirea propriei palme și îi urmărea mișcările cu coada ochiului. Când Leah scoase un carnet și un pix din geantă, Victor decise să înceapă să vorbească.

-Bine, voi vorbi, anunță el, dar apoi nu mai spuse nimic, ci așteptă să i se pună întrebări.

Axel rânji când îi înțelese intenția. Își scutură capul și, cu o mișcare a mâinii, îl invită să vorbească.

Victor mai că mârâi, dar până la urmă se supuse. Nu era ca și cum ar fi putut ascunde ceva de cei doi.

-Am avut o întâlnire acolo cu un tip. A spus că are niște informații importante într-unul din cazurile la care lucrez.

-Ce fel de muncă faci? întrebă Leah.

-Sunt investigator privat. De asemenea preiau cazuri de la companiile de asigurări. De fapt, în mare parte a timpului, lucrez pentru companiile de asigurări, își corectă el răspunsul.

-Înțeleg, murmură Leah. Ce fel de caz ai acum?

-O companie a trebuit să plătească un număr de polițe de asigurare de viață a căror clauză pentru accident face ca suma de plătit să crească de zece ori. Poate nimeni nu ar fi băgat de seamă nimic pentru că accidentele au avut loc la intervale variate, dar au avut un audit planificat, iar auditorul a fost intrigat de câteva coincidențe.

-De ce? Oamenii mor în accidente, nu-i așa? Exista vreo legătură între asigurați sau ce? întrebă Leah.

Nu înțelegea de ce se făcea atâta vâlvă dacă morțile nu fuseseră legate una de cealaltă.

-Nu, nu a fost așa, dădu Victor din mână. Omul a observat că polițele fuseseră cumpărate prin același broker. Același tip de poliță, aceleași dispoziții... Polița nu plătește suma asigurată dacă asiguratul decedează din cauza unei boli sau din cauze naturale în timpul primilor doi ani de acoperire. Plăteşte numai echivalentul primelor plătite de către deţinătorul poliţei plus zece procente. Cu toate acestea, în cazul unui accident, dispoziţia privind cei doi ani nu se mai aplică. Când compania m-a chemat, deja plătiseră pentru şapte poliţe care fuseseră cumpărate doar de câteva luni, iar expertul cu auditul continua să sape. Un tip cu tulburare obsesiv compulsivă (TOC), foarte meticulos. L-am întâlnit, spuse Victor gesticulând.

-Şi ce vor să faci? întrebă Leah.

-Ei bine, situaţia nu este atât de simplă, replică Victor. Tipul cu auditul, cunoaşte un alt tip care se ocupă cu acelaşi lucru la altă companie de asigurări. Bineînţeles, discutăm despre companii mici, preciză Victor ridicând din umeri. Nu cred că cineva ar îndrăzni să se joace astfel cu una dintre companiile mari. Oricum, auditorul de la prima companie l-a rugat pe prietenul lui să verifice poliţele emise prin intermediul aceluiaşi broker. Evident, au găsit cinci, şi asta numai pentru anul trecut. Toate persoanele asigurate au decedat în accidente, şi toate în mai puţin de şase luni după cumpărarea poliţei.

-Despre ce fel de accidente discutăm? interveni Axel pentru prima dată.

-Diverse, îşi flutură Victor mâna. De la accidente de maşină la electrocutare, căderi pe scări, înnecare, poţi alege ce vrei.

-Şi ei ţi-au cerut să investighezi accidentele? întrebă Leah pentru a avea o imagine mai clară a situaţiei.

-Cel puțin unele dintre ele. Sunt unul singur și nu aș putea sub nici o formă să verific fiecare nenorocit de accident, ridică Victor din umeri. De asemenea, mi-au cerut să anchetez brokerul. Tocmai găsisem un tip dornic să-mi dea informații despre el și de aceea mă aflam în dumbravă seara trecută.

-Cine este tipul? Ai vreun nume? întrebă Leah.

-Da, este unul dintre agenții de asigurări care lucrează pentru brokerul de care v-am spus. Acest agent nu dorea să discute cu mine la lumina zilei sau la telefon. A insistat ca discuția noastră să nu poată fi urmărită sub nici o formă.

-În regulă, dă-mi numele, insistă Leah. Și dă-mi și numele brokerului principal.

-Numele informatorului meu este Lars Gunther, iar numele brokerului principal este Paul Smidgen.

-Vorbești serios? rânji Axel, amuzat de imaginea iscată de cele două nume.

-Axel, îl apostrofă Leah, dar Victor se mulțumi numai să dea din cap.

Leah își scutură capul, iar apoi scoase telefonul mobil din geantă.

-Îl sun pe Mark. Îi voi cere să-l verifice pe informator și să-l aducă la secția de poliție. Le voi cere Annei și lui Josh să adune informații despre domnul Smidgen, le spuse Leah și părăsi încăperea.

Axel se tolăni pe scaunul pe care Leah tocmai îl eliberase și îl întrebă pe Victor:

-Cum de ai devenit investigator privat?

Victor se mulţumi să dea din umeri, dar nu se grăbi să ofere nici un fel de informaţie de bună voie.

-Haide, nu fi atât de meschin. Spune-mi câte ceva! Sunt sigur că eşti un bărbat cu o poveste foarte interesantă, remarcă Axel.

CAPITOLUL 5 – AXEL ESTE CURIOS

Victor pur şi simplu se holbă la el. Omul reacţiona ca şi cum ar fi fost cei mai buni amici, şi încă de ani de zile, iar el unul nu înţelegea de ce.

Victor ştia că nu era posibil ca el să fi avut nimic care l-ar fi interesat pe Axel. De-a lungul ultimilor cincisprezece ani, nu întâlnise pe nimeni care să-i fi oferit prietenia fără a-i cere ceva în schimb.

Axel îşi întoarse palmele în sus, implorând să i se spună ceva. Lumina jucăuşă din ochii lui îl făcu pe Victor să râdă şi să-şi lase cinismul la o parte pentru un moment.

-Ce vrei să ştii? îl întrebă Victor, bucuros că măcar Axel se gândise să pună întrebări în loc de a-i scotoci gândurile pentru a obţine răspunsuri.

-Ce te-a făcut să devii investigator?

Victor dădu din umeri, iar apoi replică:

-Sunt imigrant, doar ştii.

-Cel puţin jumătate din ţara asta este, spuse Axel cu un semn indiferent al mâinii pentru a arăta că problema nu era deloc importantă.

-Ei bine, unii sunt a doua sau a treia generaţie, menţionă Victor. Presupun că o dată cu trecerea timpului totul devine mai uşor. Dar când am venit aici, am sosit cu anumite aşteptări şi m-am găsit într-o situaţie complet diferită.

-Ce vrei să spui? se încruntă Axel neînţelegând.

-Un văr de-al meu a imigrat aici cam cu cinci sau şase ani înaintea mea, iar el s-a lăudat acasă.

-Cu ce?

-Cu viaţa lui, munca şi casa pe care o avea, replică Victor gânditor. Mama mea este genul de femeie care întotdeauna ţinteşte cât mai sus. Dorea ca şi eu să am acel tip de viaţă. Câştigam destul cât să trăiesc acasă, dar eram departe de ceea ce văru-meu spusese că realizase aici. Aşa că maică-mea m-a împuns să emigrez şi eu, explică el. Şi nu i-a fost uşor, poţi fi sigur.

-Deci ce s-a întâmplat când ai venit? îl impulsionă Axel pe Victor să continue, chipul său trădându-i atât curiozitatea cât şi nerăbdarea să audă tot.

Axel se apleacă în faţă, sprijinindu-şi coatele pe genunchi şi punându-şi capul în mâini.

-Ei bine, când am ajuns aici, situaţia era departe de ceea ce spusese el. El şi soţia lui locuiau în Quebec. Tot acolo sunt şi acum. Vărul meu era inginer în ţară, iar soţia lui era cercetătoare şi încă o cercetătoare foarte bine văzută. Amândoi au crezut că vor lucra în domenii similare când au ajuns aici, dar... Experienţa şi studiile lor nu au contat deloc, vezi tu... Aici, el lucrează în port – muncă fizică, ştii tu. Este hamal în port. Iar nevastă-sa face curat în camere la un hotel. Casa despre care le-a povestit tuturor de acasă nici măcar nu-i aparține. El a închiriat numai un apartament mic în casa respectivă. Absolut tot ce le-a spus părinților și prietenilor lui de acasă erau numai minciuni. Din experiență proprie, pot să îți spun că cei mai mulți oameni aflați în astfel de circumstanțe mint. Sunt și excepții desigur, dar mult prea puține.

-Dar de ce? se rotunjiră ochii lui Axel.

-Să fiu al naibii dacă știu de ce, replică Victor. Poate nu vor să mărturisească că nu au avut succes... Oricum, verii mei ar fi putut avea o viață mai bună dacă ar fi mers din nou la școală, dar văru-meu nu se simte capabil să treacă din nou prin facultate, iar nevastă-sa este prinsă și cu copiii, de asemenea. În cea mai parte a timpului este mult prea al naibii de obosită ca să-i mai pese de ceva.

-Dar tu? Te-ai întors la școală?

Ochii lui Victor se rotunjiră de surpriză, iar apoi bărbatul izbucni în râs. Nu se opri până ce nu-i apărură lacrimi în ochi.

-Ce-i atât de amuzant? îi întrebă Leah întorcându-se în salon.

Axel se ridică imediat și-i oferi din nou scaunul.

Victor își scutură capul, apoi își șterse lacrimile și replică:

-Nu am vrut să merg la facultate nici măcar prima dată. Și aveam optsprezece ani la vremea aceea. Imaginează-ți că nu m-aș fi dus a doua oară. Prefer să acționez, nu să stau într-o sală de clasă.

Chiar şi cursurile pentru a deveni investigator privat mi-au pus răbdarea la încercare.

Nu mai spuse nimic timp de câteva secunde. Pur şi simplu se uită în zare gânditor. Leah şi Axel îl priviră cu diferite grade de curiozitate.

-Sunt un bărbat puternic, iar munca nu a reprezentat niciodată o problemă pentru mine, indiferent cât de dificilă a fost, spuse el întorcându-şi privirea spre ei şi fluturându-şi mâna, ca şi cum ar fi vrut să alunge orice fel de neînţelegere.

-Este posibil să fi avut o viaţă mai uşoară acasă? Poate că da, cine ştie...

Îşi trecu degetele prin părul aspru negru, iar apoi se uită la ei interogativ.

-Ştiţi ce este dificil la început? Să te trezeşti şi să ştii că trebuie să ieşi pe stradă şi să vorbeşti o altă limbă. Şi să ştii că nu poţi auzi nici măcar o înjurătură neaoşă... Ştiţi voi, ca atunci când traversezi strada şi un şofer te înjură... E diferit în limba mea – cumva mai colorat, explică el gânditor. Şi de multe ori îmi este dor de vechii prieteni. Nu este uşor să-ţi faci prieteni ca cei pe care i-ai avut din copilărie, îşi scutură el capul. Iar apoi este atmosfera... O cultură diferită, un alt ritm... Desigur, alt tip de oameni...

Observând simpatia înnotând în ochii lui Leah şi interesul de pe chipul lui Axel, se simţi stânjenit şi decise să-şi alunge nostalgia.

-În fine, am încercat mai multe lucruri, spuse el şi îşi scutură capul. Nu mi-am găsit locul. Am muncit în domeniul silviculturii în Quebec, în exploatarea petrolului în Alberta. Am mers până şi la pescuit în Alaska pentru o vreme. Nefiind legat de nevastă şi copii, nu e dificil să îţi câştigi pâinea şi să şi pui bani deoparte în acelaşi timp, dădu el din umeri. Nu am obsesia de a poseda lucruri materiale, ca haine şi altele de acest gen, şi oricum nu beau în nesimţire. Am văzut mulţi bărbaţi risipind pe băutură banii câştigaţi din greu... În plus, am un talent special, menţionă el, aruncând o privire ascuţită către detectivă.

-Şi anume? întrebă ea dulce, chiar dacă ochii îi sclipiră.

Leah avea senzaţia că era vorba de ceva ce nu era chiar în litera legii, dar nu dorea să-l sperie înainte ca el să fi spus tot.

-Acum nu te agita prea tare, locotenente, îşi aminti Victor gradul ei din cele spuse în timpul nopţii precedente. Este destul de legal. Am jucat poker în State. Ştii şi tu, campionate, gesticulă el. Am câştigat destui bani să trimit acasă la părinţi pentru ca să poată avea o viaţă comfortabilă şi să poată angaja oameni care să le muncească pământul şi să aibă grijă de animale. Am avut destui bani ca să-mi cumpăr o casă în Toronto şi am rămas cu suficienţi bani economisiţi. Din punct de vedere financiar, stau foarte bine, dădu el din umeri.

-Pe bune? întrebă Axel, iar chipul i se lumină cu interes.

-Tu citeşti minţile oamenilor, observă Victor pe un ton sec. Eu le citesc chipurile şi ticurile nervoase. Chestia asta ajută enorm în astfel de competiţii.

-Şi cu toate acestea, te găseşti aici, în Toronto, şi lucrezi ca investigator, remarcă Axel.

-M-am plictisit să joc poker. Simţeam nevoia să fac ceva mai excitant, ridică Victor din umeri.

Axel râse. Simţise că Victor este un bărbat interesant, chiar din momentul în care l-a văzut în viziunea pe care o avusese în noaptea precedentă.

-Ei bine, noaptea trecută a fost destul de excitantă, remarcă Leah pe o voce seacă.

-Un pic prea excitantă pentru ca să fie pe gustul meu, admise Victor, strângându-şi pumnii furios.

Se mai întâlnise el cu moartea în trecut, dar această ultimă întâlnire îl zguduise profund. O lumină metalică îi apăru în ochi când îşi aminti din nou de cele ce i se întâmplaseră în cursul nopţii.

-Oh, oh, murmură Axel. Cineva se gândeşte la răzbunare, şopti el în urechea lui Leah.

-Tu nu te-ai gândi dacă ai fi în locul meu? îl întrebă Victor, demonstrându-le că încă avea un auz destul de bun.

Axel se mulţumi să ridice din umeri. Nu dorea să pună gaz pe foc şi să incite şi mai mult emoţiile negative ale bărbatului.

Brusc, soneria telefonului lui Leah izbucni în încăpere şi îi făcu pe toţi să tresară.

CAPITOLUL 6 – UN JUCĂTOR

ESTE ELIMINAT DIN JOC

Atât Axel cât şi Victor ascultară cu atenţie la răspunsurile monosilabice ale lui Leah. Aceasta răspunsese la telefon, dar nu părăsise rezerva. Se îndreptase spre fereastră şi se oprise acolo.

Lui Victor nu-i plăcea că nu îi putea vedea faţa. Detectiva se întorsese cu spatele la cameră şi privea afară pe fereastră.

Şi cu toate acestea, linia rigidă a umerilor săi arăta că nu-i plăcea ceea ce auzea. Victor putea să audă numai replicile ei.

-Bine, Mark. Cheamă echipa criminalistică şi medicul legist... Cred că Dr. Connelly este de serviciu, ceea ce este bine. El este un om metodic... Nu ştiu dacă pot veni acolo suficient de repede, dar sună-mă şi anunţă-mă dacă ai terminat cu toate cele la faţa locului ca să nu fac drumul degeaba.

Mai ascultă un pic la ce-i spunea Mark, iar apoi îi răspunse:

-Am înţeles. Trimite poliţişti în uniformă să pună întrebări prin jur, poate careva a văzut sau auzit ceva. Oricum, nu e nevoie să-ți spun eu cum să-ți faci treaba.

Axel se îndreptă spre ea alene și o prinse de mână când simți că era necăjită. Leah îi strânse degetele și, fără să se mai obosească să spună la revedere, încheie conversația închizând telefonul.

Leah rămase pe loc câteva secunde, cu capul plecat, iar apoi se întoarse lângă patul lui Victor.

Citindu întrebarea din ochii bărbatului, îi spuse:

-Informatorul tău este mort. A fost probabil ucis după ce a părăsit casa aseară pentru a se întâlni cu tine, așa că nu a fost el persoana care te-a atacat. Evident, aceasta este numai ceea ce crede Mark, zise ea ridicând din umeri fără să-și implice opiniile pe moment. Vom vedea ce va spune medicul legist.

-Păcat de el, remarcă Victor cu regret. Era un om tânăr, mult mai tânăr decât mine, explică el, gesticulând cu mâna stângă. Nu mi s-a părut că ar fi un individ insensibil, cinic, își scutură el capul.

Timp de câteva secunde, Victor nu mai spuse nimic. Pur și simplu se uită în zare, iar Leah nu-l împunse de la spate să spună ceva. Axel nu se simțea constrâns de nimic să nu-i citească mintea lui Victor și îi simți tristețea.

-Era doar un om prins într-o situație neplăcută, spuse Victor, iar apoi se opri din nou.

Își ridică privirea spre ei și observă că îl priveau cu confuzie. Se gândi că ar trebui să le explice ce voia să spună ca să priceapă.

-Înțeleg că brokerul i-a avansat banii pentru cursuri și examenul de certificare. În consecință,

Gunther trebuia să lucreze pentru el. Nu putea părăsi firma ca să lucreze pentru un alt agent sau pentru el însuşi... Din ceea ce am văzut, Gunther nu prea părea a fi în largul său în ceea ce privea afacerea lui Smidgen. De aceea şi acceptase să vorbească cu mine în primul rând, clarifică el.

Victor îşi coborî ochii asupra propriei palme din nou. Din când în când, liniile palmei sale şi harta pe care o creeau îl fascinau.

Nu ştia ce să creadă sau dacă într-adevăr exista ceva ştiinţific ori o explicaţie raţională pentru cititul în palmă. Dar, o dată, când era copil, s-a dus la târg cu părinţii şi o ţigancă i-a spus că va avea o viaţă lungă.

Aparent, linia vieţii din palma sa se tot continua şi nu dispărea. Pur şi simplu se contopea cu liniile din jurul încheieturii.

Dacă ar fi fost s-o creadă pe ţiganca aceea, va supravieţui din nou şi de data aceasta. Absolut tot ce i-a spus, ori aproape tot, s-a dovedit a fi real.

Aceasta văzuse că va vagabonda prin lume şi că nu se va opri într-un anume loc pentru multă vreme. De asemenea, îi prezisese că nu-şi va găsi pacea decât târziu în viaţă. De fapt, încă o mai căuta.

Pierdut în gândurile sale, Victor nu-şi dădu seama că tăcerea se întindea în încăperea care era permeată de o tensiune acută. Leah se aplecă şi îi atinse mâna. Victor se întoarse la momentul prezent tresărind.

-Îmi cer scuze, detective. M-am pierdut în propriile mele gânduri pentru o clipă, replică el ursuz. Mi se mai întâmplă din când în când. Puneo pe seama moştenirii mele genetice, spuse el dând indiferent din umeri.

-Ai un accent foarte vag, remarcă Axel. Nu aş fi ghicit că eşti român, spuse el cu o clătinare a capului.

-Şi cum vorbesc românii? întrebă Victor pe o voce certăreață.

Era sătul şi dezgustat de stereotipurile pe care le tot auzise în ultimii cincisprezece ani.

-Nu am intenţionat să insult în nici un fel, replică Axel, ridicându-şi mâinile ca să arate că nu se gândea să-l ridiculizeze. Cu toate acestea, marea parte a românilor au un accent specific. Am un prieten român şi când ne-am cunoscut am crezut că era de fapt rus, explică el şi după aceea observă încruntarea de pe chipul lui Victor. Repet, nu vreau să crezi că nu îi respect pe români. Eşti un pic cam sensibil în ceea ce priveşte subiectul ăsta, amice, trase Axel concluzia şi clătină din cap.

-Mda, un pic, mârâi Victor fără a privi spre vreunul dintre ei.

Apoi îşi închise gura pentru că nu dorea să se plângă sub nici o formă. Oricum, de-a lungul timpului, învăţase că nu ajuta la nimic.

Leah îi atinse mâna cu înţelegere şi Victor îşi ridică ochii spre ea. Nu ştia dacă îi surâdea ce vedea în ochii ei sau nu. El nu avea nevoie de compasiunea sau mila nimănui. De fapt, ura să fie compătimit sau să fie obiectul milei oamenilor.

Uşa se deschise şi Victor îşi întoarse ochii în direcţia aceea. Un doctor intră în rezervă cu un zâmbet pe buze. Omul nu părea destul de în vârstă pentru a fi medic, dar Victor ştia că aparenţele de cele mai multe ori induceau oamenii în eroare.

-Bună dimineaţa, îi salută doctorul pe toţi cu o voce plină de veselie.

Leah se ridică pentru a-l întâmpina pe doctor şi, împreună cu Axel, îl salută.

-Înţeleg că ţi-a scăzut febra, spuse omul verificând fişa. Da, şi tensiunea e deja aproape de normal. O să vreau să îţi verific rana acum. Probabil voi doi ar trebui să ieşiţi pentru câteva momente şi să vă întoarceţi mai târziu, i se adresă el lui Leah şi Axel.

Victor îşi scutură capul şi dădu din mână pentru a arăta că lui nu-i păsa oricum dacă erau prezenţi sau nu.

-Pot să stea. Nu este ca şi cum nu ar ştii ce mi s-a întâmplat, spuse el pe o voce ursuză.

Doctorul ridică din umeri cu indiferenţă. Pentru el cu siguranţă nu avea nici o importanţă dacă cei doi erau de faţă la consult.

-Cum doreşti. Acum întoarce-te pe burtă, te rog, şi lasă-mă să-ţi văd rana.

Cu mult efort şi cu gemete înnăbuşite, Victor îşi schimbă poziţia în pat. Din fericire, Axel sări imediat să-l ajute, iar cu ajutorul lui totul se dovedi mult mai uşor decât se aşteptase.

'Ce naiba? Sunt mai neputincios decât un prunc nou născut,' reflectă Victor cu amărăciune.

-Ai răbdare să treacă ceva timp, şopti Axel încurajator în urechea lui.

-Dispari din capul meu, Victor se răsti la el, iar Axel râse.

Doctorul îi aruncă o privire lui Victor, iar apoi se uită spre Axel întrebător. Nu înțelegea despre ce vorbeau cei doi. Își scutură capul și se întoarse la verificarea rănii lui Victor.

-Pare în regulă, spuse el după ce îi bandajă rana din nou.

Se îndreptă apoi și continuă:

-Aș vrea să te țin în spital pentru încă o noapte ca să mă asigur că totul merge bine. Este în regulă? Desigur, nu vei fi capabil să faci prea multe lucruri timp de vreo două sau trei săptămâni. Vei avea nevoie de ajutor, dar sunt convins că vei găsi ajutor, concluzionă el, privind direct în ochii lui Victor.

Victor nici nu aprobă nici nu dezminți presupunerea doctorului, ci replică:

- Da, ar fi nemaipomenit să fiu externat.

Doctorul plecă și după ce ușa se închise în urma lui, Leah îl întrebă pe Victor:

-Ai pe cineva să te ajute?

Victor ridică din umeri, dar îi răspunse:

-Trăiesc singur.

-O prietenă ceva? întrebă Axel.

-Mă mai întâlnesc cu câte o femeie din când în când, dar niciodată aceeași, așa că nu, nu am nici o prietenă. Nu am găsit încă o femeie destul de interesantă să mi-o doresc ca iubită, ridică Victor din umeri. Probabil că nu voi găsi niciodată. Sunt un lup singuratic doar, ți-amintești? îi replică el lui Axel cu un rânjet.

Câteva clipe, nici unul nu spuse nimic. Apoi, brusc, ochii lui Victor aproape ieșiră din orbite. Își pocni fruntea cu palma și exclamă:

-Oh, Dumnezeule. Am uitat! Cum naiba am putut uita?

CAPITOLUL 7 – SURPRIZE

DIN PLIN

-Ce-i? Ce este? întrebă Axel pe o voce excitată.

Era atât de curios încât pur şi simplu uitase să arunce vreo privire în gândurile lui Victor.

-Mâine la 3:35 după-masă, vine o femeie din România. Nu am întâlnit-o niciodată, dar maică-mea a insistat să-i ofer un loc unde să locuiască vreo câteva luni până ce îşi găseşte o slujbă şi poate închiria un apartament, explică Victor în grabă. Este cea mai mică fiică a uneia dintre prietenele mamei mele din timpul şcolii care s-a măritat şi s-a mutat la Sibiu. De-aia nu o cunosc.

-Asta-i bine, spuse Axel. Nu e bine? întrebă el când Victor se încruntă. Ar putea să te ajute în timpul săptămânilor următoare, observă el.

-Nu cred. Nu o cunosc şi nici ea nu mă cunoaşte pe mine. Ştiu numai că a divorţat cu câţiva ani în urmă şi că are doi copii mici. Asta-mi lipsea, spuse el sarcastic. Şi cum naiba se presupune că mă duc să îi iau de la aeroport ca să-i aduc acasă? Şi evident, nu pot să-i las în aeroport, nu-i aşa?

Pe măsură ce vorbea agitat, Victor se încingea din ce în ce mai rău.

Leah îi mângâie braţul şi încercă să-l calmeze.

-Sunt sigură că există soluţii.

Victor se mulţumi să se încrunte la ea. *'Unde? Că eu nu văd nici una. Maică-mea îmi va lua capul.'*

Axel zâmbi. Acum că îi fusese satisfăcută curiozitatea nu mai avea nici o dificultate în a se strecura în mintea lui Victor din nou.

-Te voi ajuta eu, nu te îngrijora, îl asigură el pe Victor.

Victor se uită la el de parcă îi crescuseră coarne. Experienţa îl învăţase că oamenii nu-şi ofereau niciodată ajutorul – încercau numai să profite de pe urma celorlalţi.

-Nu mai fi atât de neîncrezător, îl admonestă Axel. Ai un pic de credinţă. Nu ştiu ce fel de oameni ai întâlnit pînă acum, dar nu toată lumea vrea să profite de tine sau să te doboare la pământ. Mâine, te ducem acasă, iar apoi mă duc la aeroport să o primesc pe prietena ta şi să o aduc la tine acasă, îi explică el.

-Nu e prietena mea, spuse Victor printre dinţi. Şi de ce-ai face asta? Ce câştigi din chestia asta?

Axel dădu din cap mustrător, iar apoi repetă ce spusese mai devreme:

-Eşti un cinic, Victore. Vreau doar să te ajut. Nu ştiu de ce, dar îmi placi.

Victor îşi îngustă ochii, iar acum fu rândul lui Leah să izbucnească în râs. Victor o privi întrebător.

-Nu fii atât de îngrijorat. Axel chiar vrea doar să te ajute. Îşi permite, are timp s-o facă. Nu cred că ai avut timp să mergi la cumpărături să iei mâncare şi restul lucrurilor necesare, spuse ea pe o voce întrebătoare.

Auzindu-i cuvintele, Victor se strâmbă şi-şi pocni fruntea din nou. Pupilele sale întunecate îi reflectau mâhnirea.

'Alt lucru la care trebuie să mă gândesc acum. Mereu apare câte ceva,' reflectă el caustic.

-Nu, mă gândeam să o fac mâine dimineaţă, înainte de sosirea lor, mărturisi el. Nici măcar nu ştiu câtă engleză vorbeşte femeia şi dacă este capabilă să meargă la cumpărături ea însăşi, îşi scutură el capul cu amărăciune.

Ştia că oricum nu va fi uşor pentru ea, dar dacă nu cunoştea limba, atunci obstacolele erau şi mai mari. Oportunităţile pentru nevorbitorii de limba engleză erau aproape inexistente.

-Am încercat să o conving să nu vină aici, ştii... Dar nu am avut posibilitatea să vorbesc direct cu ea, iar maică-mea mi-a spus că a refuzat să-şi reconsidere decizia. Pur şi simplu s-a hotărât să emigreze şi ăsta a fost finalul discuţiei, explică el. Probabil că dorea să scape de trecutul său sau de fostul soţ... Nu ştiu, continuă el pe o voce gânditoare.

-Fiind mama a doi copii mici nu înseamnă că este neajutorată, îi explică Leah. S-ar putea ca femeia să te surprindă. Femeile sunt rezistente. Uneori, sunt mult mai rezistente decât bărbaţii.

'Mă îndoiesc,' gândi Victor, iar apoi îi aruncă o privire lui Axel, aducându-şi aminte de obiceiul bărbatului de a-i citi gândurile.

Şi într-adevăr, Axel asta şi făcuse. Strălucirea obraznică din ochii lui îi spuse lui Victor absolut tot ce dorea să ştie.

Axel se mulţumi să râdă, iar apoi îl asigură pe Victor:

-Ei bine, nu trebuie să-ţi faci griji. Vei face o listă, iar eu voi merge la cumpărături pentru tine înainte de a merge la aeroport.

Victor se uită fix la el, iar apoi spuse:

-Ştii, voiam să cumpăr unele lucruri de la magazinul românesc ca să nu se simtă chiar atât de înstrăinaţi aici...

-Pot să merg şi acolo, îşi flutură Axel mâna pentru a-i îndepărta îngrijorarea. Tu numai fă lista şi scrie-mi unde trebuie să merg. Dacă magazinul are un website, e şi mai uşor. Pot să obţin coordonatele de pe Internet.

Când observă privirea speculativă a lui Victor, se simţi obligat să-şi explice motivele. *'Omul ăsta este ca Toma Necredinciosul,'* concluzionă el.

-Într-un fel, ţi-am salvat viaţa noaptea trecută, Victor. Aşa cum mi-a spus o dată amabila detectivă prezentă aici, îmi eşti dator cu viaţa ta, iar eu nu pot să te pierd din vedere. Trebuie să mă asigur că eşti pe calea de vindecare şi că efortul meu de a te salva nu a fost inutil, îi făcu el cu ochiul lui Victor.

Leah râse pleznindu-i braţul.

-Oh, tu, diavole. Ce am spus eu avea cu totul alt înţeles şi o ştii foarte bine.

-Ei bine, evident că sper şi eu că înţelesul era altul, spuse Axel pe un ton sec, pretinzând că a fost ofensat. Normal că nu am pentru el aceleaşi sentimente pe care le am pentru tine, spuse el foarte la obiect.

Apoi, se aplecă spre Leah și buzele lui le atinse pe ale ei cu tandrețe. Își trecu degetele peste una dintre șuvițele ei de păr, iar ea oftă ușor.

Victor mai că se uită cruciș fiind martor la dulcegăriile dintre cei doi. Atât Leah cât și Axel îi simțiră starea de spirit și se întoarseră spre el. Amândoi izbucniră în râs pe seama lui, iar Victor mai că mârâi.

CAPITOLUL 8 – ELEMENTE DE BAZĂ ÎN MUNCA UNUI POLIȚIST

Leah păşi cu hotărâre în sala largă care adăpostea birourile detectivilor. Câţiva oameni îşi ridicară privirea spre ea când auziră cadenţa hotărâtă a paşilor ei fermi.

Ochii lor îi urmărira progresul locotenentei prin încăpere cu curiozitate. Mersul ei arăta că era preocupată şi că gândurile îi erau implicate într-o analiză complexă.

În momentul în care îşi aruncă ochii înspre ei, brusc, toţi deveniră foarte activi. Fiecare îşi găsi ceva de făcut.

Locotenentei îi displăcea lenea şi-şi făcuse părerile foarte bine cunoscute în trecut şi fără nici un fel de timiditate. Nimeni nu-şi dorea să fie subiectul mâniei ei.

Leah făcu un semn către echipa ei specială, iar Anna, Mark şi Josh imediat se ridicară de pe scaune. Îşi adunară notele şi se grăbiră să o urmeze în biroul ei.

Leah îşi aruncă geanta pe masă şi se aşeză pe scaunul ei cu un oftat uşor. Epuizarea începea să-şi spună cuvântul. Nu mai dormise din seara precedentă când aţipise în braţele lui Axel.

Ştia că Axel nu dormise deloc, dar, cu toate acestea, tot nu se întorsese acasă să tragă un pui de somn după cum s-ar fi aşteptat. Omul acela pur şi simplu o uimea. Îi spusese că trebuie să se ducă la întâlnirea lunară cu contabilul său şi că i se va alătura după vreo câteva ceasuri. Nici măcar nu-i trecuse prin minte că ar fi trebuit să se odihnească.

-Noapte grea, şefa? gura lui Mark se pomeni a vorbi fără el.

Mark nici măcar nu se gândise la cele spuse şi când şi-a dat seama ce i-a ieşit din gură, se strâmbă. Ochii lui Leah îl fulgerară, iar inima i se făcu mică cât un purice când observă că Leah părea gata să-i ia capul.

Doar Mark ştia foarte bine că nu era o idee bună să o enerveze când era extenuată. În ciuda iritării, Leah decise să nu reacţioneze. Observase că Mark avea remuşcări deja şi, pe deasupra, era şi foarte îngrijorat.

-Deci ce ştim până acum? îl întrebă ea.

Mark oftă uşurat când şi-a dat seama că a scăpat ca prin urechile acului de limba ei ascuţită. Apoi, foarte dornic să-şi răscumpere greşeala, începu să-i explice ce date au reuşit să adune până atunci.

-Dr. Connelly nu ne-a spus mai nimic despre cadavru. Ştii cum este el, spuse Mark, ridicând din sprâncene.

Medicul legist nu se hazarda niciodată să prezinte cauza decesului înainte de a fi terminat autopsia unui cadavru. Dacă cineva ar fi insistat să i se dea orice fel de informație, atunci ar fi mustrat persoana respectivă pe un ton răstit.

-Totuși, continuă Mark, măcar a menționat că tipul a fost înjunghiat, probabil în jur de unsprezece sau doisprezece în timpul nopții. A fost înjunghiat în spate. Același mondus operandi ca în cazul lui Dobrotă, dar în cazul lui Gunther, cuțitul a fost scos din rană, iar în consecință, omul a sângerat până a murit.

-Ar fi supraviețuit dacă ar fi avut parte de atenție medicală imediată? întrebă Leah cu mâhnire.

Leah se întreba de ce Axel nu a perceput și moartea lui Lars Gunther în viziunea pe care o avusese. Ea intuia că Axel împărtășea într-un fel o conexiune ciudată, dar profundă, cu Victor, deși nici măcar Axel nu-și putea explica de ce.

Mark negă scuturându-și capul.

-Medicul legist spune că nu ar fi supraviețuit. Hemoragia a fost excesivă și rapidă. Este posibil ca lama cuțitului să fi lovit artera. Hemoragia a durat numai câteva minute.

-Înțeleg că nu l-ai găsit acasă, spuse Leah pe un ton interogativ.

-Nu, își scutură el capul. Tocmai ajunsesem la el acasă când m-a sunat Anna. Echipa care încă cerceta Grădina Muzicală l-a găsit în spatele unuia dintre copacii din cercul format de acei sequoia roșiatici din Allemande. Credem că a fost înjunghiat puțin înainte ca Dobrotă să fi fost atacat.

-Ați găsit orice fel de evidență criminalistică? întrebă Leah, ochii trecându-i de la unul la altul, așteptând răspunsuri.

Anna își scutură capul nefiind sigură de ce ar fi putut spune. Își aruncă privirea asupra notițelor sale, deși știa foarte bine ce scrisese acolo.

-Nu s-au găsit amprente plantare, cu siguranță, începu ea. Nu a plouat de ceva vreme mai înainte de noaptea trecută, iar crima a avut loc înainte ca ploaia să înceapă. O dată ce a început să plouă, absolut toate celelalte urme au fost obliterate.

-Nu s-au găsit amprente nici pe cuțit, dar echipa criminalistică ne-a spus că au găsit o a treia urmă de ADN. Tipul s-a tăiat cu certitudine când a folosit cuțitul, contribui și Josh cu ceva.

-Și presupun că nu au fost nici un fel de martori, observă Leah cu mâhnire.

-De fapt, interveni Mark, aplecându-se în față pe scaun, există unul, un individ fără adăpost. Și-a stabilit reședința lângă Centrul Comunitar de pe Queen's Quay West, chiar vis a vis de strada Bathurst, explică el pe îndelete, însoțindu-și cuvintele cu gesturi largi. Omul a zis că acela este locul lui obișnuit pe timpul nopții, chiar dacă alții au încercat să i-l fure de câteva ori în trecut. Știi cum este cu locurile acestea bune, dădu el din umeri. Un loc râvnit scoate la iveală ce este mai rău în oameni.

-Are vreun scop trăncăneala asta a ta? întrebă Leah pe un ton sec, prea obosită să-i asculte povestirea întortocheată.

Mark roşi până în vârful urechilor. Chiar era ceva în neregulă cu el pe ziua aceea. Aparent, nu ştia când să-şi ţină gura închisă.

-Omul fără adăpost nu l-a văzut pe Dobrotă. Probabil pentru că acesta a intrat în grădină pe partea cealaltă, pe la Gigue. Dar l-a văzut pe Gunther. L-a observat când a coborât din tramvai la staţia de la strada Bathurst. Chiar mi l-a descris. Gunther a fost un bărbat mare şi ar fi fost imposibil să nu îl vadă. L-a urmărit cu privirea când a intrat în grădină. Se gândise că omul era nebun să meargă acolo în timpul nopţii, mai ales că părea să-i fie teamă şi tot arunca priviri fugare în spate. Când Gunther a intrat în Allemande, l-a pierdut din vedere. Nici cinci minute mai târziu, un alt bărbat a ieşit fugind din grădină. A traversat strada pe roşu şi s-a urcat într-o maşină parcată vis a vis. Nu a reuşit să-i vadă chipul mai deloc, dar a zis că era un bărbat blond, scund şi masiv. Cu toate acestea, aparent se mişca destul de rapid, nu uită Mark să menţioneze.

-Deci tipul fără adăpost nu a observat nimic distinctiv? îl întrebă Leah ca să se asigure că Mark nu a uitat nimic.

Mark îşi scutură capul şi îşi întoarse palmele în sus exprimându-şi dezamăgirea.

-În regulă, acceptă Leah înfrângerea. Avem alt fel de informaţii despre Smidgen? se întoarse ea spre Anna şi Josh.

-Nu prea multe pe moment, se strâmbă Josh. Ştim că şi-a început afacerea acum cinci ani şi are pe statul de plată alţi cinci agenţi care lucrează pentru el, toţi cu certificate în regulă. El a plătit pentru licenţele lor, aşa că agenţii nu pot lucra pe cont propriu sau pentru altcineva. Smidgen nu se implică în afaceri cu marile companii de asigurări, ci numai cu companiile mai mici. Ştim că este de asemenea implicat în brokeraj financiar. Ştii despre ce e vorba. Mijloceşte afacerea între cei au nevoie să împrumute bani şi cei ce au bani de dat cu împrumut. Este de asemenea implicat în planificare financiară şi ceva afaceri ipotecare...

-Un tip foarte ocupat, observă Leah cu sarcasm.

Anna aprobă dând din cap.

-Da, este, şi am impresia că este implicat în nişte afaceri foarte dubioase. Mă gândeam sa-i cer expertului nostru în contabilitate criminalistică să arunce o privire peste afacerile lui.

-Bine, dar pe şest. Nu vreau să ştie că e cercetat înainte de vreme, o avertiză Leah.

-Şi trebuie să notăm, interveni Josh, că Smidgen e scund, masiv şi blond. Păcat că tipul ăla fără adăpost nu este capabil să facă o identificare clară a bărbatului pe care l-a văzut aseară, îşi scutură el capul cu mâhnire.

Leah îi aprobă cuvintele. Nici ei nu-i surâdea lipsa lor de noroc. Ridică din umeri şi apoi îşi porni iPad-ul.

-Am aici o listă cu nişte accidente pe care vreau să le verificaţi. Nu veţi reuşi să le investigaţi pe toate voi înşivă şi, de aceea, trebuie să chemaţi şi alţi colegi să vă ajute. Începeţi de la finalul listei, se asigură ea să menţioneze. Dobrotă a cercetat deja primele şapte accidente şi a adunat o mulţime de informații. Voi obține datele de la el mâine. Nu are nici un sens să-i duplicăm munca, le explică Leah.

Trimise lista Annei prin email, iar apoi o atenționă că i-a trimis-o. După aceea, Leah se întoarse spre Mark.

-Aici am datele de contact ale unui auditor de reclamații de asigurări. Vreau să discuți cu el. Cere-i să-ți explice întreaga situație. Informează-l că Dobrotă este încă în viață, dar că poliția va prelua ancheta din cauza situației în care se găsește Dobrotă. Auditorul acesta îți va prezenta un alt auditor de la altă companie. Discută și cu acela. Josh, tu îl vei însoți pe Mark, se întoarse ea spre Josh. Anna se va ocupa de lucruri aici, la sediu, iar voi doi vă veți ocupa de această linie de anchetă, spuse ea și se ridică.

-Încotro, șefa? întrebă Mark înainte să apuce să se auto-cenzureze, iar apoi își închise ochii și își scutură capul.

Leah pur și simplu izbucni în râs de data aceasta.

-Ai o zi foarte proastă, Mark, nu-i așa?

Își adună apoi lucrurile de pe birou și-și însoți oamenii la ușă.

-Trebuie să merg să vorbesc cu șeful cel mare. Am nevoie de Arnett în această anchetă, spuse ea.

Cu colțul ochiului îi observă încruntarea lui Mark.

-Care e problema cu tine și cu Axel? se decise ea să-l întrebe în sfârșit.

Curiozitatea o măcina de ceva vreme deja și se cam săturase să tot ocolească subiectul.

-De ce îl displaci atât de mult?

-Nu-l displac, mormăi Mark, dar nu îndrăzni să se uite la ea. Pur şi simplu cred că ne putem face treaba şi fără el. La o adică, el nu este poliţist şi nu ştie nimic despre munca în poliţie, mormăi el.

-Hai, Mark, interveni Josh, bătându-şi colegul pe umăr. Arnett ar fi o resursă serioasă pentru echipa noastră. Îţi aminteşti cum l-a descoperit pe tipul ăla?

-Da, spuse Mark cu neplăcere. Dar e ceva cu el... nu ştiu.

Sprâncenele lui Leah i se ridicară pe frunte. Ştia că Mark era inteligent, dar nu chiar într-atât de inteligent. Nu-şi imaginase că va ghici ce fel de aptitudini avea Axel.

-Oricum, ridică Mark din umeri, el *este* într-adevăr o resursă valoroasă pentru echipa noastră. Nu ar trebui să mă plâng.

Cu un surâs în colţul gurii, Leah părăsi biroul şi se îndreptă spre scări cu paşi mari şi grăbiţi.

În urma ei, detectivii de pe etaj se relaxară. Patru dintre ei se adunară şi începură să-l bârfească pe unul dintre poliţiştii în uniformă, iar râsetele lor umplură aerul.

CAPITOLUL 9 – FIECARE SAC

ÎŞI ARE PETECUL

Axel se grăbi să intre în terminalul de sosiri de la Aeroportul Pearson, cărând o bucată de carton în mână. Nu că ar fi avut nevoie de ea şi, de altfel, îi şi spusese asta lui Victor. Cu toate acestea, Victor insistase.

Victor ştia că Axel ar fi fost capabil să pătrundă în minţile oamenilor ce coborau din avion şi că le-ar fi citit gândurie până ce ar fi găsit-o pe femeia pe care o aştepta.

'Da, nu ar fi fost un efort prea mare să citesc câteva gânduri ici colea,' făcu Axel haz de necaz amintindu-şi de discuţia cu Victor.

Victor ştia că nu ar fi fost cine ştie ce efort pentru pentru Axel să navigheze printre gândurile călătorilor, dar i-a explicat că Liliana ar fi fost deja destul de îngrijorată şi nu ar mai fi avut nevoie şi de şocul oferit de o întâlnire neortodoxă cu Axel. Femeia sosea într-o ţară nouă şi era pe cale de a locui în aceeaşi casă cu un bărbat pe care nu l-a mai întâlnit niciodată înainte. Probabil că era terifiată neştiind la ce să se aştepte.

Victor nu vorbise cu ea nici măcar o singură dată. Mama lui Victor avea mereu diverse scuze pregătite ori de câte ori Victor îi cerea să o invite pe Liliana la una din conversațiile lor pe Skype.

Victor nu era prea sigur ce să creadă despre acest lucru, dar cu siguranță nu-i plăcea. Avea un presentiment neplăcut despre întregul aranjament, dar, cu toate acestea, nu ar fi putut să-i refuze cererea mamei sale. Maică-sa formulase totul în așa fel încât i-a lăsat impresia că ar fi comis o crimă capitală dacă nu ar fi acceptat să o ajute pe fiica prietenei sale.

Când i-a cerut o poză de-a femeii ca măcar să o poată recunoaște, mama-sa i-a spus că nu trebuia decât să-i scrie numele pe o bucată de hârtie și să țină hârtia sus la aeroport. Liliana îl va găsi.

Victor ajunsese la concluzia că femeia arăta îngrozitor. Se cutremura ori de câte ori se gândea că va trebui să o vadă zi de zi timp de câteva luni. El știa că Lilianei îi vor trebui cel puțin două sau trei luni pentru a-și găsi o slujbă și pentru a se muta din casa lui. Nu-și făcea nici un fel de iluzii.

Dar indiferent de cât de urâtă ar fi fost, Victor nu considera că femeia ar fi meritat să treacă prin șocul de a fi acostată de un bărbat necunoscut care-i știa identitatea doar uitându-se la ea.

Axel a cedat până la urmă. A înțeles motivele lui Victor destul de bine, chiar dacă nu se simțea prea comfortabil să stea în aeroport cu o bucată de carton în mână.

Axel își aruncă ochii pe tabloul de sosiri și răsuflă ușurat. Avionul aterizase numai cu zece minute în urmă. Cu siguranță, Liliana mai trebuia să treacă prin vamă, aşa că Axel mai avea de aşteptat câteva minute.

Axel se temuse că nu va ajunge la timp. Avusese de alergat într-o mulţime de locuri în dimineaţa aceea, iar traficul nu cooperase cu el deloc. A rămas blocat în trafic de două ori pe ziua aceea.

Dimineaţă, s-a îndreptat spre spital şi l-a luat pe pe Victor. L-a condus acasă, după cum îi promisese cu o zi înainte.

Oricum, Axel nu avea nimic altceva mai important de făcut. Leah încă se ocupa de finalizarea hârţogăriei care era necesară pentru ca Axel să poată lucra cu ea la caz.

Leah îi spusese că era posibil ca totul să mai dureze câteva zile, dar el nu mai putea de nerăbdare. Abia aştepta să savureze fiecare clipă petrecută în compania ei, precum şi urmărind procesele ei de gândire.

Dar, cu toate acestea, întârzierea aceea îi oferea şansa să se ocupe de Victor. Nu că n-ar fi făcut-o oricum.

Lui Axel îi plăcea bărbatul suficient de mult pentru a-i căuta compania. Se vedea pe sine în Victor, mai puţin cinismul. Adânc în sufletul său, Axel ştia că ei doi erau la fel de înrudiţi ca fraţii.

Oamenii începură să iasă de pe poarta de sosiri şi mişcarea îl trezi din visare. Îşi lăsă reflecţiile deoparte, şi ridică cartonul, simţindu-se ridicol ţinându-l în mâini. O privire aruncată în jur îi arătă că mai erau câţiva şoferi care aveau cartoane similare în mâini şi se încruntă.

'Redus la rolul de şofer, hmm?'

Curând uită de îndoielile sale. Gândurile aleatorii pe care le culegea de ici colea erau mult prea amuzante. Axel nu-şi refuza niciodată plăcerea de a se adăpa de la o astfel de sursă de divertisment.

Victor îl întrebase cum de îi înţelegea gândurile, pentru că deşi el uneori gândea în engleză, totuşi în marea parte a timpului gândea în română. Axel nu avusese nici o explicaţie clară pentru el.

Nu era sigur, dar presupunea că gândurile reprezentau fluxuri de energie, iar mintea lui interpreta acea energie. Era capabil să înţeleagă un gând în orice limbă, dar dacă cineva i-ar fi vorbit în orice altă limbă decât engleză sau franceză, nu ar fi înţeles nimic.

Axel se pierduse atât de mult în gândurile unei femei frumoase, blondă şi înaltă, care îi evalua pe toţi bărbaţii din terminal în termeni plini de culoare, încât nu remarcase că o altă femeie cu păr castaniu îl privea fix.

Femeia împingea un cărucior în care stivuise câteva valize. Doi copii mici se ţineau cu mânuţele agăţaţi de haina ei, speriaţi că s-ar fi pierdut în mulţime.

Axel o remarcă numai când femeia se opri în faţa lui şi îl întrebă ceva în limba română. Din tot ce i se spusese, singurul lucru pe care l-a înţeles a fost numele lui Victor. Îşi scutură capul confuz, iar apoi îi arătă semnul.

-Tu eşti Liliana Rogoz? o întrebă el, desigur în limba engleză.

Femeia aprobă dând din cap şi spuse din nou ceva în limba ei, dar cum Axel era prea ocupat să-i analizeze înfăţişarea, uită să îi citească mintea.

-Îmi pare rău, replică Axel. Chiar nu înţeleg limba română. Tu vorbeşti cumva engleza?

-Da, desigur, replică ea în engleză după o scurtă ezitare. Am crezut că încă mai vorbeşti limba română. Mama ta spunea că vorbeşte cu tine in română, spuse ea, cu o uşoară încruntare.

Axel îi zâmbi şi-şi scutură capul din nou.

-Eu nu sunt Victor, o informă el şi ea icni uşor.

Axel îşi ridică mâna şi o linişti spunând pe un ton calm:

-Acum nu e cazul să te temi. Sunt de fapt un prieten de-al lui Victor. El a avut... cum să spun... un accident acum două zile şi, din păcate, este blocat în casă. M-a trimis să vă iau de la aeroport şi să vă duc cu maşina la el acasă. Este în regulă?

Ea aprobă dând din cap cu ezitare. Cu toate acestea, nu era prea convinsă că ar fi fost cazul să-l creadă şi să plece cu el.

Axel observă că ochii ei mari de culoarea ciocolatei se rotunjiseră şi imediat îi percepu teama. Puse cartonul sub braţ şi îşi ridică mâinile, cu palmele în sus.

-Uite, ştiu că probabil ţi-e teamă să mergi cu mine şi, în fond, ai dreptate. Într-adevăr este o idee foarte bună să şovăi când vine vorba de a pleca undeva cu un bărbat pe care nu l-ai mai întâlnit niciodată înainte. Dar dă-mi voie să subliniez faptul că nici pe Victor nu l-ai mai văzut înainte. Ştiu că măcar atât mi-a spus când am discutat despre sosirea ta aici.

-Da, este adevărat, admise ea. Am rugat-o pe mama lui Victor să aranjeze o discuție cu el pe Skype ca să putem discuta și pune la punct anumite lucruri, dar ea mi-a tot spus că fiul el nu reușea să găsească un moment liber pentru a avea o conversație cu mine, își scutură ea capul, iar neîncrederea îi străluci în ochi.

-Interesant, exclamă Axel, iar ochii îi luciră cu zburdălnicie.

-Ce este așa de interesant? își aplecă ea capul într-o parte, semn că era confuză.

-Mamă-sa i-a spus lui Victor același lucru despre tine, ori de câte ori acesta îi cerea să aranjeze o conversație cu tine, menționă Axel, iar apoi, incapabil să se mai abțină, începu să râdă.

-Înțeleg... Mă întreb oare de ce, se minună Liliana. Nu pot să spun că nu am observat că mama lui este o femeie șireată... Și asta de fiecare dată când o vizitam... Părinții mei s-au mutat înapoi în satul de origine al mamei mele după ce s-au pensionat, înțelegi. Mama moștenise ceva pământ, gesticulă ea. Dar oricum, nu aș fi crezut că ar fi fost atât de intrigantă, totuși.

-Mami, băiețelul trase ferm de haina ei. Când ajungem acasă?

Liliana se aplecă spre el și își trecu degetele prin părul lui.

-Curând, pui, curând, îl alină ea.

-Uite aici, am o idee cum să facem ca să nu te mai temi, interveni Axel, ochii lui trecându-i pe toți trei în revistă.

Copiii erau la fel de obosiți ca și mama lor. Călătoria de cincisprezece ore îi epuizase. Liliana avea cearcăne sub ochi și chipul îi era palid.

-O sun pe prietena mea. Este polițistă. Ea va vorbi cu dispeceratul de la poliție și le va spune să te transfere la numărul ei de telefon când vei suna. Ea va garanta pentru mine, bine?

Liliana se gândi câteva clipe și aprobă ideea lui cu o înclinare scurtă din cap. Cel puțin propunerea lui îi oferea ceva siguranță și aceasta era ceva mai mult decât nimic. Altfel, nu ar fi avut altceva de făcut decât să ia un taxi, dar problema era că nici măcar nu avea o adresă pentru a ajunge la Victor acasă.

Axel puse cartonul cu numele ei peste valizele stivuite în cărucior și o sună pe Leah.

-Bună, iubito, spuse el cu tandrețe când Leah îi răspunse la apel. I-am găsit pe Liliana și pe prunci la aeroport, dar ea cam pare să ezite să vină cu mine... Da, are dreptate, desigur, știu asta... Ei bine, mă gândeam. Poate poți tu suna la dispeceratul poliției să le spui că Liliana îi va suna în câteva minute. Ar trebui să fie capabili să-i transfere apelul la numărul tău. Sunt sigur că vei putea să-i potolești orice temeri ar avea... În regulă. Vom aștepta câteva minute și vom suna... Desigur, nu de pe telefonul meu. O voi pune să sune de pe unul din telefoanele cu plată ca să se asigure că nu e nimic necurat la mijloc... Da, bineînțeles... Ah, da, ești acolo? Asta mă bucură. Atunci ne vedem acolo, își încheie Axel conversația cu un zâmbet larg.

Puse telefonul mobil înapoi în buzunarul său şi îi conduse pe cei trei la un rând de scaune.

-Hai, să stăm jos câteva momente. Să-i dăm lui Leah timpul necesar să sune la dispecerat mai întâi. Apoi îi vei suna tu şi le vei cere să te transfere la ea. Apropo, ea este locotenent Leah MacKay, îi spuse el Lilianei dând din cap, după ce au aşezat copiii pe scaunele de lângă telefoanele cu plată. Aţi vrea ceva de băut între timp? Sunt câteva locuri aici de unde aş putea cumpăra ceva. Dar nu voi cumpăra nimic de mâncare. Leah este pe drum spre casa lui Victor şi a cumpărat deja o cutie de pui şi câteva alte lucruri, le explică el de ce nu dorea să le cumpere nimic de mâncare.

-Putem să bem ceva, mama? întrebă fata.

Axel îi zâmbi. Copila îi semăna mamei sale leit. Deşi copiii erau gemeni, băiatul avea părul întunecat la culoare şi nu îi semăna mamei sale nici la pigmentul pielii. Liliana şi fiica sa erau blonde, în timp ce băiatul era brunet. Băiatul îi amintea lui Axel de Victor şi Axel se strădui să-şi oprească râsul.

-Am nişte dolari canadieni cu mine, spuse Liliana deschizându-şi geanta.

Ochii ei cercetară interiorul genţii uriaşe. O cumpărase special pentru călătoria aceea ca să poată pune cât mai multe lucruri în interior. Partea proastă era că nu putea găsi absolut nimic fără să caute în geantă câteva minute.

Axel îi opri căutările atingându-i mâna cu blândeţe.

-Nu este nevoie, crede-mă. Va fi plăcerea mea să cumpăr băuturile. Voi merge acolo, arătă el spre un magazin chiar vis a vis de ei, unde ea putea să stea cu ochii pe el.

Liliana aprobă dând din cap cu ezitare şi se aşeză lângă copii. Ea continuă să-l urmărească cu privirea pe Axel, chiar dacă se aplecase să şoptească câteva cuvinte copiilor.

Axel cumpără trei cutii de suc şi o sticlă de apă. Îşi imaginase că Liliana va prefera apa.

-Uite aici, spuse el când se întoarse şi îi dădu câte o cutie de suc la fiecare copil.

Copiii smulseră cutiile din mâna lui şi el râse amuzat. Liliana se încruntă când văzu reacţia lor, dar Axel gesticulă că nu era important.

-Cred că şi eu aş fi la fel de însetat ca şi ei după un zbor atât de lung, spuse el cu blândeţe. Ai de ales între suc şi apă, îi arătă el cutia de suc şi sticla de apă.

-Apă, mulţumesc, replică ea, luând sticla cu apă din mâna lui.

Axel o privi în timp ce ea bău cu poftă. Apoi îşi aruncă privirea la ceasul de la mână şi spuse:

-Cred că poţi suna la 911 acum, îi indică el telefoanele cu plată din apropiere. Eu voi sta aici cu căruciorul, se oferi el când îi remarcă ezitarea. Ah, da, probabil vei avea nevoie de acestea, îi dădu el câteva monezi. Este posibil să-ţi fie returnate la finalul apelului, dar îţi vor fi necesare ca să suni, dădu el din umeri. Nu prea ştiu exact, să fiu sincer. Nu am folosit niciodată un telefon cu plată, mărturisi el.

Ea dădu din cap şi luă monezile. Luând copiii cu ea, se îndreptă spre primul telefon disponibil.

Axel o urmări cu privirea câteva clipe, iar apoi se tolăni într-unul din scaune. Fusese pe drumuri aproape toată ziua şi începuse să-l cuprindă oboseala.

Liliana vorbi cam patru sau cinci minute la telefon, dar Axel nu se obosi să-i citească gândurile. Ştia ce urma Leah să-i spună şi el presupuse că după discuţia cu Leah, Liliana se va simţi mai în siguranţă cu el.

-Deci presupun că totul e în regulă acum, remarcă el când ea se întoarse.

-Da este, spuse ea domol, iar Axel remarcă din nou cât de guturală îi era vocea.

-Atunci, hai să mergem. Eu iau căruciorul, iar tu iei copiii. Va trebui să mergem jos în parcare, spuse el pe un ton practic şi împingând căruciorul, îi conduse spre lift.

***

-Mi-e teamă că m-am dovedit a fi o impoziţie serioasă atât pentru tine cât şi pentru prietenul tău, locotenente, observă Victor, care se lăsase pe spate într-un fotoliu.

Nu mai suporta să zacă în pat şi, în ciuda lipsei de comfort, prefera fotoliul. Cel puţin nu se simţea complet inutil stând tolănit în fotoliu.

Leah stătea în picioare lângă fereastră şi privea strada. De acolo, îi aruncă o privire încruntată lui Victor.

-Fii serios! Nici unul dintre noi nu te consideră o impoziţie. Cred că-ţi dai seama că nu am fi făcut nimic dacă nu am fi vrut, flutură ea din mână.

-Aţi făcut mai mult decât s-ar fi aşteptat oricine, sublinie el, iar ochii îi deveniră gânditori.

Leah îşi scutură capul, iar privirea îi baleie asupra bărbatului. Victor se hotărâse să nu o primească pe Liliana în trening, iar acum purta o pereche de blugi negri şi un tricou alb care i se potriveau perfect. Barba uşor crescută îi dădea aerul de băiat rău, dar Leah nu avea nici cea mai mică îndoială că de fapt asta şi era.

Victor îşi încrucişase braţele peste stomac, dar, cu toate acestea, Leah tot putea să-i vadă musculatura abdomenului. Era un bărbat care avea o condiţie fizică foarte bună, iar Leah presupuse că Victor fie făcea gimnastică zilnic, fie depunea efort într-o muncă fizică în mod regulat.

Sunetul unei maşini oprindu-se pe aleea din faţa casei îi atrase atenţia la fereastră din nou. Leah îşi aruncă ochii pe fereastră exact când Axel ieşea din maşină. Acesta ocoli capota cu paşi grăbiţi şi apoi deschise uşile pasagerilor.

O femeie înaltă de aproximativ 1.70 coborî din maşină strângând o geantă uriaşă în ambele mâini. Părul ei des castaniu era încolăcit într-un coc la ceafă. Când femeia s-a întors cu faţa spre casă, buzele lui Leah se arcuiră într-un zâmbet şi aceasta îi aruncă o privire speculativă lui Victor.

-Ce este? întrebă el cu nervozitate în voce, ceea ce demonstra că nu avea deloc încredere în zâmbetul ei de pisică. Ce ai văzut?

-Ei bine, spuse ea tărăgănat, mi-e teamă că vei avea o mare supriză.

-Ce vrei să spui? se interesă Victor, simţind cum neliniştea i se strecura în suflet.

Locotenenta se mulțumi să ridice din umeri.

-Nu vreau să-ți stric surpriza. Oricum, vei vedea despre ce este vorba destul de curând.

Leah se îndreptă alene spre hol, în timp ce Victor scrâșni din dinți. Niciodată nu îi plăcuseră surprizele, iar de data aceasta avea un presentiment neplăcut legat de surpriza pe care maică-sa i-o pregătise.

***

-Nu-ți fă nici un fel de griji în legătură cu restul valizelor. Le aduc eu înăuntru, vocea calmă a lui Axel veni din hol.

Victor blestemă faptul că nu era capabil să meargă în hol să vadă ce se întâmpla. Cu toate acestea, știa că dacă dorea să-și revină rapid, atunci trebuia să facă cât mai puțină mișcare pentru o vreme. Trebuia să-i dea timp corpului său să se refacă. Și ca să meargă la baie necesita foarte mult efort și sudoare din partea lui.

-Știi cumva în ce camere ar trebui să pun valizele? vorbi Axel din nou, adresându-i întrebarea lui Leah.

-Nu, nu m-am gândit să îl întreb, replică ea. Cred că nu ar fi o problemă să aducem totul înăuntru mai întâi și să le lăsăm aici în hol pe moment. Vedem noi unde trebuie duse după aceea.

Victor decise să se ridice, chiar dacă era nu numai dificil, dar și dureros. Cu un mare efort, abia reușise să-și ridice fundul câțiva centimetri de pe fotoliu când Leah intră în cameră cu copiii şi Liliana în urma ei.

-Ce crezi că faci? îl admonestă Leah, ochii ei fulgerându-l cu mânie. Stai jos, idiotule. Sunt sigură că nimeni nu se va supăra dacă te prezinţi stând în fotoliu, continuă ea, grăbindu-se spre el şi împingându-l uşor ca să se aşeze.

Victor căzu în fotoliu imediat. Icni şi se încruntă la Leah, dar trebui să recunoască faptul că efortul de a se ridica îl extenuase deja. Altfel Leah nu ar fi fost capabilă să-l împingă cu atât de puţin efort dacă aceea ar fi fost una din zilele lui bune.

-Vroiam să vă arăt camerele, mormăi el.

-Poţi să-mi spui mie, iar eu îi voi spune lui Axel, replică ea cu încăpăţânare. Nu este necesar să te ridici pentru atâta lucru. Dă-mi voie să te prezint oaspeţilor tăi, spuse ea şi acelaşi zâmbet pisicesc îi apăru pe buze.

'*Asta nu e o femeie cu care să te joci,*' Victor trase concluzia, recunoscând valoarea zâmbetului ei. Acel zâmbet avea puterea de a produce frisoane.

-Şi să nu cumva să uiţi asta, îi şopti Leah, aplecându-se peste el, astfel dovedindu-i că nici ea nu se dădea la o parte şi nici nu-i era jenă să citească mintea cuiva dacă aşa avea ea chef.

Lui Leah nu-i păsă de încruntarea lui. Se îndreptă, buzele fremătându-i din cauza veseliei, iar apoi se retrase din raza lui vizuală.

Gesticulă spre uşă şi spuse:

-Aceştia sunt musafirii tăi, Liliana Rogoz şi cei doi copii minunaţi ai săi.

Victor, care continuase să se uite la Leah, îşi îngustă ochii, cu o clipă numai înainte de a-şi întoarce capul spre uşă. Avea senzaţia că poliţista făcea haz de el şi nu înţelegea de ce.

Când ochii îi căzură pe femeia din cadrul uşii, respiraţia i se opri în piept, iar gura i se uscă.

Femeia nu arăta ca nici una dintre femeile cu care ieşea el în mod obişnuit. Şi cu toate acestea, când ochii lui se fixară pe chipul ei, dar mai ales pe ochii ei mari şi calzi de culoarea ciocolatei, se pomeni că era incapabil să spună ceva.

Zâmbetul Lilianei se stinse când remarcă cu câtă atenţie o cerceta Victor. Când după un minut sau mai mult bărbatul tot nu spusese nimic, neliniştea ei crescu şi degetele începură să-i tremure.

-Înţeleg că acum nu este momentul potrivit pentru tine să ai musafiri, spuse ea, iar vocea ei guturală provocă scântei în ochii lui Victor.

'Mda, acum sunt complet prins în laţ. Oh, mamă, ştiai tu că femeia asta o să-mi pice cu tronc rău de tot,' Victor reflectă, şi-şi scutură capul făcând haz de sine însuşi.

Leah se aplecă deasupra lui din nou şi-i spuse şoptit:

-Chestia asta li se întâmplă tuturor mai devreme sau mai târziu. Prinde puţin curaj, nu fii laş ca un pui de găină, râse ea.

După aceea se îndreptă şi spuse:

-Văd că Victor a fost lovit cu leuca în cap pentru moment, dar pot să vă asigur că absolut totul este bine. În ceea ce priveşte sănătatea, îşi va reveni complet în vreo două săptămâni, dacă nu se forţează să facă anumite lucruri. Între timp, îşi întoarse ea privirea spre Victor, ce cameră ai ales pentru Liliana?

-Dormitoarele sunt la etaj. Cel de-al doilea de pe stânga este al ei, iar cel de-al treilea este pentru copii, reuşi Victor să-şi înnăbuşe teama din suflet pentru ca să răspundă.

I se adresase lui Leah, dar apoi îşi întoarse ochii spre Liliana. Pe o voce răguşită adăugă:

-Nu mă obosisem să cumpăr mobilă pentru acel dormitor înainte, ceea ce a fost binevenit acum. Am pus două paturi de o persoană, o masă, scaune pentru copii şi două biblioteci. Nu am încredere în paturile suprapuse când e vorba de copii atât de mici ca ai tăi, aşa că... Oricum, în afară de asta nu am ştiut de ce altceva ar fi avut nevoie, mărturisi el. Nu am avut niciodată ocazia să interacţionez cu copiii prea mult, spuse el strâmbându-se.

-Sunt sigură că totul este perfect. Vom încerca să nu te deranjăm prea mult, îţi promit, Liliana îl asigură în grabă, cu toate că era departe de a fi sigură că cei doi copii nu-l vor deranja.

El îi alungă cuvintele cu o fluturare a mâinii.

-Sunt sigur că nu va fi nici o problemă. Apropo, am o menajeră. Vine numai lunea, este adevărat, dar a făcut deja paturile şi sper că nu a uitat şi a lăsat prosoape în băi. Toate camerele vin cu baie proprie. Dacă a uitat de prosoape, uită-te în dulapul de lenjerie. Este chiar vis a vis de dormitorul tău, îi explică el.

Liliana se mulţumi să dea din cap, apoi îşi coborî privirea la podea, nemaiştiind ce altceva să spună. Cu toate acestea, copiii continuară să-l studieze foarte atent.

Victor avea sentimentul că se afla sub microscop. Încercă să le zâmbească, dar se îndoia că a reuşit mai mult decât un rânjet.

-Bun, atunci, spuse Leah pe o voce vioaie, bătând din palme. Hai, să ducem valizele sus în camerele voastre. Presupun că vreţi să vă spălaţi pe mâini, pentru că vom mânca în câteva minute. Pui prăjit după bucătăria sudistă. Este delicios, spuse ea cu entuziasm. Desigur, dacă nu eşti vegetarian, se strâmbă ea brusc, consternată că nu s-a gândit la această posibilitate mai înainte.

Victor ştia că Leah ar fi putut extrage acea informaţie din mintea Lilianei dacă ar fi dorit, fără să fie nevoită să întrebe. Văzându-i însă reacţia, începu să creadă în cuvintele lui Axel din ziua precedentă, cum că Leah era o persoană politicoasă şi nu invada gândurile altora. Evident, când îi convenea. Numai cu câteva minute în urmă îi citise gândurile lui Victor fără nici un fel de jenă.

Liliana îşi scutură capul, iar un zâmbet ascuns îi răsări în colţul gurii. Îi plăcea felul de-a fi al lui Leah.

-Nu, nu suntem vegetarieni, aşa că puiul ar fi nemaipomenit, mulţumesc.

-Totul a fost adus înăuntru, remarcă Axel intrând în cameră. Acum trebuie doar să-mi spuneţi unde să mut valizele.

-Oh, ai făcut deja mult prea mult, se grăbi Liliana să spună şi o uşoară roşeaţă îi acoperi obrajii. Le voi muta eu.

-Ha, o sfidă Axel. Atunci chiar că m-aş simţi insultat, să ştii. Crede-mă, exerciţiul îmi face bine.

-Atunci, dă-mi voie să te conduc la camerele lor, îi replică Leah. Tu va trebui să vii cu noi să ne spui in ce cameră să lăsăm fiecare valiză, i se adresă Leah Lilianei.

Privirea intensă a lui Victor îi ţinuse ochii Lilianei prizonieri, iar cuvintele lui Leah o aduseră pe Liliana înapoi cu picioarele pe pământ. Liliana şi Victor se priveau unul pe celălalt ca şi cum ar fi fost implicaţi într-un duel bizar.

Axel îşi scutură capul şi râse. Apoi, îi făcu cu ochiul lui Victor şi părăsi încăperea.

CAPITOLUL 10 – O

DIMINEAȚĂ INCOMODĂ

Chiar dacă trecuse doar puțin de ora șapte dimineața, Victor nu dormea când s-a auzit un ciocănit ușor la ușa sa. Tocmai încerca să-și estimeze puterile, întrebându-se dacă era cazul să se dea jos din pat sau dacă ar fi trebuit să mai aștepte o vreme.

-Intră, spuse el, făcând efortul de a se ridica în șezut.

Ușa se deschise, exact când încerca să-și înnăbușe gemetele de durere. Lui Victor îi displăcea să arate orice fel de slăbiciune și în special când se afla în fața unei femei. Știa că doar vanitatea îl împingea să reacționeze astfel, dar faptul că era conștient de acest lucru nu însemna că simțea vreun impuls să se schimbe.

Liliana nu intră în camera lui, ci își vârî doar capul cu timiditate prin deschizătura ușii, iar ochii ei ciocolatii îl măsurară de sus până jos.

-Sper că nu te-am trezit din somn, spuse ea pe un ton coborât, în același timp fixindu-și privirea pe pieptul lui.

Cearceaful care îl acoperea îi alunecase în jos şi acum i se odihnea pe talie. Liliana nu îndrăznea să-şi coboare privirea mai jos de abdomenul lui.

-Nu, nu m-ai sculat. Eram deja sculat după cum vezi, replică el în grabă şi, fără să vrea, arătă cu mâna spre partea inferioară a abdomenului său.

Când îşi dădu seama ce gest făcuse, Victor se strâmbă. *'Dumnezeu ştie ce mai crede acum,'* mustăci el.

-Mă gândeam să pregătesc micul dejun şi voiam numai să te întreb ce ai prefera să mănânci, îi explică ea de ce a îndrăznit să vină la el în cameră.

-Orice te gândeşti să pregăteşti este bun şi pentru mine, răspunse el fluturându-şi mâna cu indiferenţă. Singurul lucru asupra căruia trebuie să insist este cafeaua, îi explică el. Întotdeauna am nevoie de cafea la prima oră dimineaţa. Cu cât este mai tare, cu atât este mai bine.

-Şi eu la fel, îi răspunse ea, iar buzele i se arcuiră într-un zâmbet. Deja am pus cafeaua la făcut. Vrei să îţi aduc micul dejun aici? Presupun că aşa ar fi cel mai bine, spuse ea gânditoare, privirea alunecându-i peste trupul lui încă o dată, iar Victor îşi simţi pielea în flăcări când ochii ei îi colindară corpul.

-Nu, nu este nevoie, replică el pe o voce şi mai coborâtă. Voi veni eu jos în bucătărie. Trebuie numai să ai răbdare vreo zece sau cincisprezece minute, spuse el, iar apoi se încruntă gânditor. Nu ştiu încă cât de repede mă pot mişca şi de cât timp am nevoie să ajung în bucătărie, strecură el cuvintele printre dinţi.

-Te pot ajuta, se oferi ea, deşi se îndoia că ar fi fost în stare să-i susţină greutatea.

'Da, sigur,' gândi el. *'Îmi şi imaginez cum o vei lua la goană urlând imediat ce ies de sub cearceaful ăsta.'*

-Mă descurc eu, nu-ţi fă griji, îi făcu el semn să plece. Voi fi acolo curând, îi mai spuse el pe un ton care clar implica că era cazul să iasă din cameră în acel moment.

-Bine, atunci, îi acceptă ea decizia. Apropo, am discutat cu copiii şi le-am explicat că trebuie să fie cuminţi şi să nu te deranjeze, se gândi ea să menţioneze. Mă cam îndoiesc că vor putea să fie cuminţi tot timpul, dar le voi mai aduce aminte de această regulă din când în când. Vom încerca să te deranjăm pe cât de puţin posibil, îi promise ea.

-Lasă copiii în pace, îi ceru el pe o voce care interzicea orice argument. Nu sunt atât de sensibil şi, oricum, nu intenţionez să dorm toată ziua bună ziua, chiar dacă acum nu sunt capabil să mă mişc prea mult. Există şi o curte închisă în spate. Poţi să-i laşi să se joace acolo. Nimeni nu poate intra în curte, iar copiii nu pot ieşi în stradă. Gardul este suficient de înalt, îi explică el.

După aceea mai reflectă asupra acelei idei puţin mai mult, fixând cearceaful cu privirea. După câteva secunde, îşi ridică din nou ochii spre ea.

-Poate ar trebui să le luăm o minge sau ceva. Nu m-am gândit la asta, din păcate, mormăi el, scuturându-şi capul necăjit.

Era supărat pe sine însuşi că-i scăpase aşa ceva din vedere. Se mândrea că avea capacitatea de a prevedea lucrurile şi planifica detaliile, dar de data aceasta eşuase.

-Mulţumesc, replică Liliana cu un zâmbet recunoscător.

Nu se aşteptase ea la prea multe din partea lui când s-a decis să-i accepte ospitalitatea pentru o vreme. De fapt, mama ei fusese cea care insistase să accepte invitaţia de a locui în casa lui Victor pentru un timp la început.

Într-un fel, maică-sa avusese totuşi dreptate. Liliana putea economisi din bani dacă nu era nevoită să plătească pentru o cameră la hotel. Oricum nu avusese posibilitatea să refuze pentru că mama ei o implicase şi pe mama lui Victor în procesul de convingere şi astfel Lilianei i-a fost imposibil să nu accepte invitaţia. Femeia aceea avea un talent deosebit de a epuiza omul cu argumentele sale.

Liliana chiar se temuse că Victor nu-i va suporta copiii. Ştia că este burlac, iar aceea însemna că nu era sub nici o formă obişnuit cu felul de a se comporta al copiilor.

Când ajunseseră în acel punct al discuţiei, Liliana deja intrase în cameră complet, iar ochii lui Victor o măsurară cu atenţie. Nu era deloc o femeie slabă, dar arăta destul de incitant cu şoldurile ei generoase şi sânii ei rotunzi.

'La naiba, nu o să fie deloc uşor să trăiesc cu ea în aceeaşi casă,' gândi Victor. Chiar era de prost gust să jinduiască după musafira sa. Nu se făcea. *'Pe deasupra, mai este şi mamă, pentru numele lui Dumnezeu,'* se admonestă el însuşi.

O clipă mai târziu, Victor rânji. Observase cu amuzament că Liliana îşi împletise părul în grabă, iar acum, coada îi era strâmbă şi-i atârna peste umărul drept.

Liliana nu se obosise să se machieze în dimineaţa aceea şi arăta mult mai tânără decât cei douăzeci şi opt de ani ai săi, cât îi spusese maică-sa că are.

Apoi, femeia deschise gura şi-i spuse:

-O să ies eu astăzi în oraş şi o să le cumpăr o minge.

Afirmaţia ei îl smulse din reflecţiile sale. Încruntat, Victor mai că mârâi la ea.

-Ţi-ai pierdut minţile? strigă el. Nici măcar nu ştii unde te afli şi vrei să ieşi şi să te pierzi în oraş?

Uimită, Liliana ridică din sprâncene. Chiar nu se aşteptase ca el să se înfurie pentru atâta lucru. Părea un bărbat destul de indiferent şi nu-şi imaginase că i-ar fi păsat în vreun fel sau altul dacă ea ar fi decis să iasă în oraş.

-Te asigur că mă pot descurca singură, îi replică ea cu semeţie. Nu e ca şi cum te-am avut alături până acum ca să ai grijă să nu cumva să mă pierd, se răsti ea la el, punându-şi mâinile pe şolduri.

Victor uită complet de cearceaful care îl acoperea şi îşi îndreptă poziţia în pat, chiar dacă durerea îl împungea la fiecare mişcare. Încercă să o intimideze cu privirea sa dură, dar aparent tentativa lui nu avu nici un fel de succes. Fie femeia se baza pe faptul că Victor nu se putea mişca suficient de repede ca să o prindă dacă asta îi era intenţia, fie nu îi păsa de mânia lui.

-Ascultă la mine acum şi fii fată deşteaptă. Nu te găseşti acasă la tine, în oraşul tău, unde cunoşti împrejurimile. Acesta este un oraş mare. Până şi cineva care a petrecut mai mulţi ani în acest oraş se poate pierde. Fii deşteaptă şi stai în casă până una alta. Vedem noi mai încolo ce putem face, îi spuse el.

Victor îşi ridică mâna să-i oprească comentariile când observă că era pe cale de a deschide gura din nou să-l contrazică.

-Nu am deloc intenţia să-ţi vorbesc de sus, dar trebuie să mă asculţi în situaţia asta. Da, în câteva zile, după ce ai avut şansa să vezi cartierul cât de cât, vei fi capabilă să faci orice doreşti. Sunt sigur că atunci îţi vei găsi calea înapoi spre casă, chiar dacă te vei rătăci. Dar nu astăzi, cu siguranţă, spuse el printre dinţi, supărat că era nevoit să-i explice atât de detaliat un concept atât de simplu. Dacă nu-ţi plac surprizele, te sfătuiesc să ieşi din cameră acum pentru că voi da cearceaful la o parte, îşi încheie el discursul pe o voce răutăcioasă, sătul să-şi tot explice intenţiile şi acţiunile.

Liliana se înroşi şi aceasta îl încântă. Se vedea clar pe chipul ei că se înfuriase, dar nu îl mai contrazise, ci doar se întoarse şi se îndreptă spre uşă cu paşi apăsaţi.

Victor rânji când femeia trânti uşa în urma ei, dar apoi, amintindu-şi că venise timpul să se dea jos din pat, deveni serios. Nu se bucura defel ştiind că trupul îi va fi innundat de durerea aceea orbitoare din nou.

***

În momentul în care Victor pătrunse în bucătărie, avu impresia că a pătruns într-o altă lume. Liliana nu se zărea nicăieri, dar cei doi gemeni ai ei fuseseră extrem de ocupați și deja făcuseră bucătăria praf.

Victor își scutură capul, ca și cum nu-i venea să-și creadă ochilor, și un rânjet larg îi apăru pe buze. Se părea că în bucătărie se purtase un adevărat război cu mâncarea, iar acum, încăperea, pe care el și-o amintea imaculată și ordonată, era acoperită cu bucăți de pâine, de șuncă și ouă. Laptele care fusese vărsat pe podea nu era decât cireașa de pe tort. Victor se văzu nevoit să calce cu mare atenție ca să nu alunece pe podeaua umedă.

Părul fetiței era decorat cu bucăți de șuncă, dar se părea că fata reprezenta un oponent de temut, chiar dacă era micuță. Fratele ei nu scăpase neatins. Micuța diavoliță, care, în fapt, arăta ca un înger inocent, îi turnase laptele în capul fratelui ei, iar hainele acestuia purtau urmele omletei de pe farfuria ei.

Copiii nu îl observaseră și continuau să se certe din cauza unor ofense imaginare. Fiind singurul copil la părinți, Victor nu avusese experiența unor astfel de certuri, dar își văzuse prietenii deseori războindu-se cu frații și surorile lor.

Victor își scutură din nou capul și abia stăpânindu-și râsul, se decise să intervină între cei doi copii.

-Unde s-a dus mama voastră?

Auzindu-i vocea profundă, cei doi copii mai că săriră în sus de surprindere. Amândoi își ridicară ochii rotunjiți de uimire spre el, iar apoi, ca și când ar fi împărtășit aceleași gânduri, se uitară în jur la dezordinea pe care o făcuseră.

-Oh, oh, amândoi spuseră în același timp, iar apoi se priviră din nou cu teamă.

-Unde este mama voastră, măi copii? întrebă Victor din nou, un zâmbet fluturându-i ușor pe buze.

-Oh, Dumnezeule, vocea Lilianei veni din spatele lui. *Oh, Dumnezeule*, repetă ea, apăsând pe fiecare silabă ca și cum nu ar fi fost în stare să-și găsească cuvintele.

El își întoarse capul spre ea și observă că fața îi devenise deja albă ca hârtia. Cu toate acestea, nici o secundă mai târziu, chipul îi deveni stacojiu, iar ochii îi fulgerau de furie mocnită.

-Îmi cer scuze pentru copiii mei, Victor. Nu știu, spuse ea rapid, dar apoi nu mai putu să continue și trebui să se oprească ca să-și înghită nodul din gât, iar lacrimi nevărsate îi luceau în ochi. Nu știu cum de au putut face așa ceva când le-am explicat foarte clar că trebuie să fie extrem de cuminți, spuse ea în continuare pe o voce tremurătoare.

Chiar dacă vocea îi tremura, femeia tot reuși să-și prezinte scuzele, iar acum părea pregătită de bătălie.

La cuvintele ei, copiii deja înghețaseră. Privirile le fugeau peste tot, dar Victor observă că o ocoleau cu grijă pe mama lor.

Victor oftă profund și se mișcă încet spre scaun, atent să nu calce pe mâncarea de pe podea. *'Doamne, mă simt atât de bătrân,'* se gândi el, pășind cu mare grijă ca nu cumva să-şi zguduie ceva înlăuntrul corpului său.

Durerea venea şi trecea în valuri. Victor decisese să nu mai continue să ia calmantele prescrise. Ştia că era o decizie înţeleaptă, dar, evident, trebuia să plătească şi preţul pentru asta.

Liliana se grăbi să-l ajute, dar el îi scutură mâna de pe braţul său imediat ce îşi dădu seama care îi era intenţia. Se aruncă pe un scaun şi icni la contactul cu scaunul, iar apoi se întoarse spre ea şi o privi cu duritate. Cu toate că se simţea încă ruşinată de comportamentul copiilor, femeia îi înfruntă ochii cu privirea ei.

-Ascultă, începu el să-i explice. În primul rând, nu vreau nici un fel de ajutor. Trebuie să fiu capabil să funcţionez fără să am nevoie de ajutorul altcuiva. În ziua în care nu o să mai fiu în stare să mă mişc prin mijloace proprii, atunci vei putea să mă îngropi, mormăi el. În al doilea rând, sunt copii. Nu sunt absurd. Nu mă pot aştepta să nu se mişte, să nu facă zgomot sau să nu facă mizerie. Da, se pare că sunt un pic mai sălbatici decât aş fi crezut, dar şi ce dacă? Nu mă deranjează defel, continuă el cu sinceritate. *'Am făcut chestii mai groaznice decât ce-au făcut ei aici,'* îşi aminti el. În fond, tu eşti cea care trebuie să facă curat în urma lor, rânji el la ea şi ridică din umeri cu indiferenţă.

Ea îşi dădu ochii peste cap, dar colţurile gurii i se ridicară într-un surâs. Părea uşurată că Victor nu a explodat pe loc văzând starea bucătăriei, care într-adevăr era ceva ce nu se mai văzuse.

-Nu, replică ea pe un ton sever, ei vor face curat. Veţi curăţi totul, m-aţi auzit, iar apoi veţi merge să vă spălaţi şi să vă schimbaţi.

Liliana se şi încruntă la copii pentru a-i face să înţeleagă că nu era de glumă, iar ei începură să adune mâncarea de pe podea imediat.

-Eşti tare răutăcioasă, ştii asta, Victor îi spuse în engleză pentru ca să nu fie înţeles de copii.

Cu toate acestea, copiii îşi întoarseră ochii curioşi spre el imediat. Uimit când le simţi privirile, el se uită la Liliana interogativ.

-Copiii înţeleg engleza, Victor, oftă ea. Nu i-aş fi adus aici fără să mă asigur că vorbesc limba, măcar un pic, baza, ştii tu. Dar se pare că au aptitudini foarte bune pentru limbi străine, ridică ea din umeri. Au învăţat mult mai mult decât m-am aşteptat. Oricum, trebuie să ştii că vorbind în engleză nu înseamnă că ei nu vor înţelege ce spui.

-Înţeleg, replică eI gânditor, măsurându-i pe cei doi copii cu privirea. Mi-ai promis nişte cafea, dacă îmi amintesc corect, se întoarse el spre ea din nou, gata să schimbe subiectul discuţiei.

-Desigur, spuse ea şi se grăbi spre dulap ca să scoată o ceaşcă pentru el.

Liliana petrecuse câteva ore în dimineaţa aceea familiarizându-se cu ce se găsea la parterul casei. Nu se uitase în sertarele din birou sau din sufragerie, dar verificase toate dulapurile din bucătărie şi cămara.

Liliana îi turnă cafeaua fierbinte în ceaşcă şi i-o aduse la masă.

-Bei cafeaua cu zahăr sau lapte?

Victor îşi scutură capul, dar nu se uită la ea. Era preocupat să vadă cum era vremea. Se părea că era din nou o zi caldă, în ciuda faptului că se apropiau de finalul lunii septembrie.

-Liliana, îşi întoarse el privirea spre ea, te-ar deranja dacă mi-ai duce cafeaua şi mâncarea la masa de pe terasă?

Liliana îşi scutură capul şi imediat îi luă ceaşca de cafea să i-o ducă afară.

-Îţi voi pune mâncarea pe o farfurie imediat. Mă gândisem să aştept până ce cobori înainte de a o pune pe farfurie şi se pare că a fost o decizie înţeleaptă. Altfel, şi mâncarea ta ar fi fost pe podea alături de restul, observă ea cu un mormăit.

Desigur, nu pierdu ocazia să mai arunce nişte priviri ucigătoare copiilor. Cu toate acestea, copiii păreau să fie destul de inteligenţi să nu se uite spre ea.

Victor doar râse şi o urmă afară prin uşile franţuzeşti. Când păşea acum, mai simţea doar o uşoară slăbiciune şi era recunoscător că nu avea probleme mai mari decât atât. Era adevărat că încă îl chinuia durerea, dar lui îi fusese teamă că va fi prea slăbit să stea în picioare.

Liliana aşeză ceaşca de cafea pe masa mare de pe terasă şi-şi întoarse privirile spre el. Victor mergea încet ca şi cum s-ar fi temut că şi-ar fi putut disloca ceva înăuntrul trupului. Când ajunse la masă, se aşeză cu grijă pe un scaun, iar Liliana observă că durerea marcase linii vizibile pe chipul lui.

-Eşti sigur că eşti în regulă? îl întrebă ea îngrijorată.

Avea impresia că Victor era pe punctul de a se prăbuşi pe jos, iar ea se temea că nu ar fi avut puterea să-l ridice. Era mult mai înalt decât ea şi era departe de a fi un bărbat slăbănog.

El se mulţumi să dea afirmativ din cap şi scrâşni din dinţi. Se părea că excursia lui în jos pe scări îi epuizase puterile destul de mult în dimineaţa aceea.

-Aş vrea să te rog ceva, îşi ridică el privirea spre ea. Aş face-o eu însumi, dar sunt deja terminat.

-Nu-ţi fă griji, doar spune-mi de ce ai nevoie, replică ea pe o voce nerăbdătoare, aruncând o privire fugară spre casă.

Gândurile Lilianei erau tot la bucătărie şi la dezastrul pe care îl făcuseră pruncii ei în dimineaţa aceea. Dorea să cureţe totul cât mai repede posibil.

Era adevărat că Victor nu spusese nimic pe moment, dar se cam îndoia că nu se supărase defel din cauza a ceea ce Maria şi Lucian făcuseră. Oricine şi-ar fi pierdut cumpătul văzând aşa ceva.

-Cred că mi-am lăsat telefonul mobil, bricheta şi ţigările pe noptieră în camera mea, replică el.

Neplăcerea scânteie în ochii femeii pentru o clipă atunci când Victor menţionă ţigările. Nu durase mai mult de o secundă, e adevărat, iar ea a încercat să-şi ascundă dezgustul, dar Victor remarcase deja fiorul de neplăcere al femeii.

-Nu-ţi place fumatul, îi ghici el gândurile pe o voce seacă.

Ea îşi scutură capul rapid, dar se asigură să adauge:

-Cu toate acestea, este treaba ta, nu a mea.

El se mulțumi numai să ridice din umeri, ca și cum nu ar fi contat pentru el în nici un fel dacă ei îi plăceau sau îi displăceau obiceiurile lui. Dar până la urmă tot nu putu să-și țină gura închisă și remarcă:

-Ei bine, sunt pe cale de a mă lăsa de fumat, așa că nu te agita prea tare. Mai mult decât atât, nu voi fuma în casă unde sunt copiii, evident, așa că nu trebuie să te îngrijorezi în ceea ce privește fumul de țigară. Dar, *chiar acum*, în acest moment, am nevoie de o țigară. S-ar putea să mai îmi ia gândurile de la durere, mormăi el și încercă să-și găsească o poziție mai comodă în scaun.

După câteva clipe însă renunță și, icnind, se ridică, împingând cu palmele în suprafața mesei cu toată puterea. Liliana îi privea acțiunile uimită.

După ce reuși să se ridice, se mută în cealaltă parte a terasei, pe care o aranjase sub forma unui salon, cu o sofa de colț, câteva fotolii, o otomană și o masă joasă.

-Cred că o să stau aici, spuse el, tolănindu-se pe sofaua capitonată.

Într-adevăr, acolo se simțea mai comfortabil decât fusese în scaunul pe care tocmai îl părăsise. Pe sofa, putea să-și ajusteze poziția corpului, astfel nefiind obligat să stea într-o poziție prea rigidă.

Liliana dădu din cap și-i aduse ceașca de cafea de pe cealaltă masă și o puse pe măsuța joasă din fața lui.

-Îți voi aduce lucrurile de sus, iar când mă întorc îți aduc și mâncarea. Desigur, între timp îi voi trimite pe copii în camera lor pentru a medita la comportamentul lor, îl asigură ea.

Simţea nevoia să-i demonstreze că îşi lua responsabilităţile în serios, dar el o întrerupse.

-Nu-i pedepsi pentru atâta lucru, îşi flutură el mâna. Gândeşte-te că au suferit destul stând pe scaune de-al lungul zborului, iar acum se mai găsesc şi într-un loc nou. Cred că este normal să fie un pic indisciplinaţi. Poţi să le dai voie să iasă afară şi să se joace, îi spuse el. Oh, acum îmi amintesc, spuse el, iar chipul i se lumină. Am un set de badminton cu tot ce trebuie. Nu vom instala fileul acum, dar pot să se joace şi fără el. Dacă mergi jos la subsol, vei găsi camera pentru activităţi recreative. Setul de badminton ar trebui să se găsească pe unul dintre rafturile din dreapta, îi explică el.

-Nu ştiu ce să zic, spuse ea ezitant.

-Ce nu ştii? o întrebă el pe o voce certăreaţă.

Nu-i plăcea defel direcţia gândurilor Lilianei. Era convins că deja se gândea la eventualele probleme ce ar puteau apărea.

-Copiii ar putea rupe o rachetă sau...

-Şi ce dacă? Sunt patru în set, aşa că nu e mare scofală. Nu te mai îngrijora pentru absolut orice. Nu este ca şi cum ar fi sfârşitul lumii. Nu e ca şi cum rachetele acelea sunt moştenire de familie sau ceva similar, pentru Dumnezeu, tună el. Dacă stau şi mă gândesc bine, nu cred că le-am folosit nici măcar o dată. Nici nu-mi mai amintesc de ce le-am cumpărat, dădu Victor din umeri cu indiferenţă.

-Dacă chiar nu te deranjează, spuse ea din nou cu ezitare.

Ştia că pruncii aveau nevoie de o ocupaţie activă. Stătuseră închişi în interior pentru prea multă vreme, iar rezultatele inactivității se puteau vedea în bucătărie. Aveau nevoie de o activitate care să le consume din energia acumulată.

-Nu mă deranjează. Nu sunt un risipitor, dar nici nu mă atașez prea tare de lucruri, îi explică el.

Liliana doar dădu rapid din cap, iar apoi se întoarse în casă. Vocea ei joasă îi ajunse la urechi când li se adresă copiilor.

Victor rânji când copiii urlară de bucurie. Probabil că Liliana le spusese despre setul de badminton.

Brusc, copiii țâșniră afară din casă. Mai aveau încă mâncare în păr, iar hainele lor tot murdare erau, dar aceasta nu îi opri să se arunce pe el și să-și exprime recunoștința într-o manieră foarte zgomotoasă și energică.

Victor bombăni și își mușcă buza de jos pentru a-și acoperi geamătul la fulgerele de durere pe care le resimți în urma atacului lor viguros.

-Bine, bine. Destul cu asta acum. Mergeți în casă să vă spălați, iar apoi vă puteți juca, spuse el și încercă să le desfacă mâinile pe care copiii le încleștaseră pe coapsele lui.

Se părea că, din păcate, pe moment, puterea lui nu era pe măsura puterilor lor cumulate. Fiecare copil se agățase cu toată puterea de una dintre coapsele lui și nu mai voia să-i dea drumul.

Când Liliana se întoarse pe terasă cu lucrurile lui, îl găsi pe Victor încruntat, dar și resemnat în același timp.

-Ești bine? se grăbi ea spre el. Maria, Lucian, dați-i drumul acum, strigă ea la copii, dar cei doi copii se prefăcură că nu i-au auzit cuvintele.

Liliana puse lucrurile lui Victor pe masă lângă ceaşca lui de cafea, iar apoi încercă să le desfacă degetele şi braţele copiilor de pe picioarele lui. În tot acest timp, continuă să-şi ceară scuze, iar Victor îşi închise ochii şi-şi scutură capul deznădăjduit.

-E suficient deja, se răsti el, când nu mai putu suporta să o audă scuzându-se.

Ochii ei se rotunjiră din cauza surprizei şi se fixară pe chipul lui.

-Încetează cu scuzele astea, mormăi el. M-am săturat să te tot aud cerându-ţi scuze tot timpul.

Cuvintle lui o şocară pe Liliana într-atât de mult încât nu-şi găsi cuvintele să-i răspundă. Din fericire, izbucnirea lui Victor avu un efect secundar, pe care el unul îl îmbrăţişă din toată inima. Cei doi drăcuşori îi eliberară picioarele în sfârşit, iar el respiră uşurat.

CAPITOLUL 11 – CU PAŞI DE

MELC

Victor tocmai îşi terminase de mâncat porţia de ouă cu şuncă când copiii se întoarseră din nou în curte. Chipurile şi hainele lor nu mai purtau urmele războiului pe care-l purtaseră mai devreme.

Victor observă de asemenea că Liliana găsise setul de badminton. Fiecare copil ducea câte o rachetă în mână şi amândoi ciripeau ca două coţofene vesele. Era evident că abia aşteptau să se joace, iar Victor îşi râse în barbă.

Copiii ţopăiră jos de pe terasă, iar la indicaţia fetiţei, se opriră undeva în mijlocul curţii. Cu un ochi critic, Maria măsură distanţa dintre ei şi Victor. Îşi încreţi năsucul ca un năsturel, iar buzele lui Victor tremurară de râs.

'Probabil că le-a făcut mama lor morală,' medită Victor cu amuzament, foarte atent la ce făceau gemenii.

Se îndoia că Liliana ar fi fost genul de femeie care să dea prea mare atenţie la cuvintele lui sau care să pună prea multă bază pe indicaţiile care i se dădeau. Oricum, nu era ca şi cum Victor se aşteptase ca femeia să-i îmbrăţişeze opiniile cu dragă inimă.

După ce s-a asigurat că se aflau la suficientă depărtare de el, fetița s-a întors să evalueze și distanța până la rondelele de flori. După câteva momente, păru să fie satisfăcută de poziția lor pentru că-l anunță pe fratele său că se puteau juca acolo.

Iarăși buzele lui Victor tremurară cu umor. Fetița era la fel de înfiptă și autoritară ca și mama sa. Într-adevăr, îl cam înnebunise Liliana cu scuzele pe care le tot murmura, dar asta nu însemna că el nu simțise că avea de fapt o voință de fier, chiar dacă părea o femeie delicată.

Victor își aprinse o țigară și sorbi din cafea, continuând să-i privească pe copiii care se jucau. Pe neașteptate, telefonul său mobil sună și sunetul soneriei îl făcu să tresară. Părea să vină din neant.

-Dobrotă, răspunse el scurt, vocea sunându-i aproape nepoliticos.

-Văd că nu pari să fi în toane mai bune, râse Axel.

-Nu, nu sunt, admise Victor cu un mârâit. '*Ca și cum tu ai fi dacă ai fi în locul meu,*' strânse el din dinți.

-Apropo, suntem pe drum spre tine. Și când spun *suntem*, înseamnă că nu numai Leah și eu venim, îl avertiză el pe Victor. Unul dintre oamenii ei ne va însoți, de asemenea. Este în regulă? îl întrebă Axel pe o voce plină de considerație.

În ciuda întrebării lui, amândoi știau că pusese întrebarea doar de ochii lumii. Dacă se găseau deja pe drum spre casa lui, nimic nu ar fi contat, indiferent de ce ar fi spus Victor.

-Nu e ca și cum mi-ar păsa, Victor răspunse cu indiferență.

Nu-i prea plăcea lui să aibă de-a face cu poliția în mod regulat, dar știa că acum nu avea de ales. Și oricum, se decisese să accepte totul cu cât mai mult calm.

-Bine de știut, bătrâne, râse Axel. Apropo, tipul care vine cu noi nu este la curent cu talentele mele sau ale lui Leah, așa că vezi, fii atent să nu ne dai de gol, îl avertiză el pe Victor pe un ton serios, pentru o clipă uitând de maniera lui relaxată de zi cu zi.

-Am priceput, replică Victor și, nepoliticos, deconectă legătura.

Apoi se gândi mai bine și îi trimise un mesaj lui Axel pe telefon, cerându-i să cumpere o minge pentru copii. Victor nu prea ardea de nerăbdare să mai aibă o discuție în contradictoriu cu Liliana legată de o posibilă ieșire în oraș și de aceea se gândise să anihileze orice posibil argument din partea ei.

Satisfăcut că a rezolvat și problema aceea, își ridică ceașca de cafea și sorbi din nou, oftând mulțumit.

-Mai vrei cafea? îl întrebă Liliana.

Ochii lui Victor se îngustară. Femeia se găsea chiar acolo lângă el, aproape atingându-l.

'Nici măcar nu i-am auzit pașii, la naiba. Oare de când se află aici?' se întrebă el, nemulțumit cu sine însuși. *'Ai început să-ți pierzi puterea de concentrare, Victore,'* se admonestă el.

Victor privi spre ea suspicios, dar nu văzu nici un semn că i-ar fi auzit conversația telefonică.

Femeia doar aştepta cu carafa de cafea în mână răbdătoare.

-Da, te rog, spuse el. Dar nu eşti obligată să mă serveşti tot timpul, se gândi el să menţioneze cu întârziere.

Nu i se părea corect ca ea să-i satisfacă fiecare moft pe care l-ar fi avut. Invitaţia pe care le-o făcuse Lilianei şi copiilor de a sta la el în casă nu venea cu obligaţii, chiar dacă ideea nu fusese a lui, ci mama lui îl convinsese să facă 'oferta' în primul rând.

El unul nu s-ar fi gândit la aşa ceva. Desigur, ar fi ajutat-o pe Liliana să-şi găsească un apartament la sosire şi i-ar fi oferit sfaturi pentru a-i face tranziţia mai uşoară, dar nu ar fi mers atât de departe încât să o aducă în apropierea lui, oferindu-i camere în casa sa.

-Nu aş face-o dacă ai fi în stare s-o faci tu însuţi, replică Liliana sec, fără să arate că i-ar fi păsat că Victor se comporta ca un urs. Pe moment, însă, nu eşti capabil, remarcă ea pragmatic.

Cât timp îi vorbise, ochii ei rămăseseră fixaţi pe chipul lui. Liliana simţea că era imperativ să facă efortul de a-i arăta că nu o putea speria sau îndepărta. Îi mai turnă nişte cafea în ceaşcă aplecându-se deasupra lui.

-Te-ar deranja dacă aş sta aici un pic? întrebă ea, după ce a terminat de turnat cafeaua şi s-a îndreptat.

-Fă ce vrei. Poţi sta oriunde vrei, dădu el din umeri şi-şi flutură mâna în jur, iar o încruntare uşoară îi apăru între sprâncene. Să nu cumva să uit, Leah, Axel şi un alt detectiv sunt pe drum încoace, îi spuse el.

-Atunci ar trebui să iau copiii înăuntru, Liliana murmură, întorcându-şi privirile spre copiii care se jucau în curte.

Nu prea dorea să-i cheme în casă şi să le strice bucuria. Ştia că nu se poate să fi fost uşor pentru ei să lase totul în urmă şi să se mute într-o altă ţară.

La început, când le-a explicat intenţiile ei, copiii i-au pus diverse întrebări, dorind să ştie când vor putea să-şi vadă prietenii şi bunicii din nou. Dar cu cât s-a apropiat ziua plecării, întrebările s-au oprit, iar Liliana era îngrijorată acum pentru că brusc nu mai ştia ce gândeau cei doi gemeni.

-Nu din cauza noastră, clarifică Victor situaţia. *Noi* vom merge în casă dacă va fi necesar. Cred că vremea asta caldă nu va ţine prea mult timp, continuă el, iar vocea lui trăda faptul că gândurile îi erau în altă parte.

Îşi înclină capul spre soare, bucurându-se de mângâierile fierbinţi ale razelor de soare pe chipul său neras. Nu se bărbierise de câteva zile, dar nu era pentru prima dată când i se întâmpla aşa ceva, aşa că nu îl deranja prea mult.

-Lasă-i să se distreze afară un pic mai mult, concluzionă el, lăsându-se şi mai mult pe spate pe sofa.

-Bine, atunci. Ar trebui să mai fac nişte cafea dacă vin detectivii, nu-i aşa? îl privi ea interogativ.

-Dacă vrei, da, de ce nu? Sunt sigur că ar vrea să bea nişte cafea. Dar dacă ai alte planuri...

-Nu, nu am, îşi scutură ea capul.

Liliana nu avea nici un fel de planuri pentru acea zi. Încă mai suferea de pe urma călătoriei şi a schimbării de fus orar şi nu îşi putea organiza ideile.

Victor nu corespundea defel aşteptărilor ei, iar accidentul pe care acesta îl suferise făcea ca situaţia să fie complet diferită faţă de cea la care se aşteptase iniţial. Omul se oferise să îi găzduiască pe ea şi pe copii, aşa că nu-i putea întoarce spatele când el avea nevoie de ea, oricât de mult încerca el să o îndepărteze.

Lilianei i-ar fi plăcut să hoinărească prin oraş pentru o vreme, dar se gândea că ar fi fost mai bine să evite un scandal imens cu Victor. Bărbatul fusese extrem de insistent ca ea să rămână acasă atunci când îi menţionase mai devreme că ar fi vrut să iasă în oraş.

-Le-am promis părinţilor mei să-i sun imediat după sosire, spuse ea, iar nesiguranţa i se reflectă clar în voce. Dar nu ştiu cum să fac să-i sun. Sunt sigură că sunt deja îngrijoraţi pentru că ştiau la ce oră trebuia să aterizeze avionul. Au trecut deja mai multe ore de la sosirea noastră.

-Foloseşte telefonul meu, răspuse Victor împingând telefonul mobil spre ea. Nu uita să formezi 011 înaintea numărului, o sfătui el. Şi când eu nu sunt disponibil, există un alt telefon în casă. Îl poţi folosi şi pe acela, continuă el, lăsându-se şi mai mult pe spate şi închizând ochii, bucurându-se de jocul razelor de soare pe chipul lui.

-Cât va costa? întrebă ea muşcându-şi buza inferioară.

Venise cu ceva bani la ea, dar nu cu foarte mulți, și trebuia să se asigure că îi vor ajunge până ce va găsi o slujbă.

Victor deschise ochii imediat și se încruntă la ea.

-Doar n-o să-ți iau banii, mormăi el. Oricum, am un plan special, minți el, dând din mână. Poți să-i suni pe ai tăi când vrei fără să-ți faci probleme, îi alungă el temerile.

Liliana se uită la el cu coada ochiului. Ceva din ținuta lui îi spunea că bărbatul o mințea de înghețau apele, dar nu prea se făcea să-l numească mincinos pe față.

Liliana oftă. Trebuia să-și sune părinții – probabil erau deja îngrijorați. Cum nu avea altă alternativă, luă telefonul lui și formă numărul, așezându-se într-unul din fotoliile din apropierea lui Victor.

Victor se minună că nu se dusese în casă să vorbească la telefon cu ai ei ca să nu-i audă el conversația, dar nu se agită prea tare și nici nu reflectă prea mult asupra subiectului. Nu era ca și cum ar fi fost ceva suficient de important pentru el.

***

Când detectivii și Axel sosiră, Victor era tot tolănit pe sofaua de pe terasă privindu-i pe gemeni ciondănindu-se. Un zâmbet îi încolțise în colțul gurii. Spre marea lui surpriză, îi făcea plăcere să-i vadă jucându-se și certându-se.

Nu avusese chef să se mişte deloc, iar ca urmare, acum nu mai simţea decât o durere surdă. Probabil pentru că întreg corpul îi era amorţit complet din cauză că rămăsese în aceeaşi poziţie vreme îndelungată.

Leah şi Liliana păşiră mai întâi afară din casă, convesând în surdină. Axel şi un alt bărbat pe care Victor nu-l mai întâlnise niciodată înainte, ieşiră abia după aceea. Axel se îndreptă direct spre Victor şi-l împunse cu cotul, iar acesta se strâmbă.

-Văd că ai mai multă culoare în obraji, Axel remarcă cu un surâs pe buze. Scuze, dar trebuie să mă ocup de ceva anume, spuse el, ridicând o pungă de la Toys R Us.

Mai întâi, îi arătă lui Victor ce se găsea în pungă, iar Victor îi aprobă alegerea. Apoi, Axel se îndreptă hotărât spre cei doi fraţi care iar erau pe punctul de a se lua la harţă.

-Tu nu ai atins fluturele, Maria spuse printre dinţi şi dădu din picior iritată.

Îşi pusese pumnii pe şolduri şi se uita cu un aer ameninţător la fratele ei, încercând să-l intimideze, dar Lucian părea departe de a fi intimidat.

-Nu, nu, nu, cântă el. Nu eu am greşit. Tu nu ai prins fluturele, specifică el, şi o împunse cu un deget în piept.

Ochii Mariei se îngustară primejdios. Când Axel a ajuns la ei, Maria era deja pregătită să sară pe fratele ei, iar grimasa de pe chipul ei deveni şi mai feroce. Axel îşi scutură capul şi râse.

-Hei, hei, aşilor, nu este cazul să vă luaţi la bătaie. V-am adus daruri, interveni el, scuturând punga pe care o avea în mână.

Ultimele sale cuvinte le atraseră atenţia şi cei doi copii se întoarseră spre el în aceeaşi secundă de parcă ar fi fost traşi pe aţă. Reacţiile lor similare îl amuzau pe Axel enorm.

Remarcase astfel de răspunsuri simultane noaptea precedentă. Era adevărat că cei doi copii nu prea arătau a gemeni, dar reacţionau la fel ca orice pereche de gemeni pe care o văzuse până atunci.

-Victor mi-a spus că aveţi nevoie de o minge, spuse el şi, fără să mai tragă de timp, deschise punga şi scoase o minge roşu cu alb.

Ovaţiile care au urmat după aceea erau asurzitoare.

-Înţeleg că vă place, remarcă Axel pe un ton sec. Însă auzul meu nu va mai fi niciodată acelaşi, se gândi el să menţioneze, iar copiii îi surâseră diavoleşte.

Lucian smulse mingea din mâna lui, aruncând racheta de badminton la pământ. Maria icni, surprinsă neplăcut de grosolănia lui.

-Mama îţi va pune pielea pe băţ, strigă ea la el şi imediat ridică racheta de jos. Nici măcar nu i-ai mulţumit domnului Axel pentru minge, sublinie ea.

-Doar Axel, fără domnul, interveni Axel şi-i zburli părul castaniu al fetiţei.

Părul fetiţei părea identic cu părul mamei sale în culoare şi desime, dar ea îl purta scurt, tăiat în scări şi ciufulit. Şuviţele se simţeau ca mătasea sub degetele lui Axel, căruia îi plăcea textura.

-Dă-mi mie rachetele. Le voi duce la masă acolo, arătă el cu degetul mare în spate spre locul unde se aflau adulţii, adunaţi în jurul unei mese joase în colţul organizat ca un salon.

Fetiţa îi mulţumi foarte politicoasă, după cum o învăţase mama sa, iar apoi, fugi să se joace cu fratele ei cu mingea. Axel se întoarse la ceilalţi cu paşi mari, în acelaşi timp scuturându-şi capul cu amuzament.

-Copiii aştia sunt ceva deosebit, se gândi el să menţioneze când ajunse la masă.

Victor se mulţumi să dea din cap scurt. Era de acord cu Axel pe deplin. Copiii erau nişte mici diavoli, deşi educaţia pe care Liliana le-o făcuse cu încăpăţânare era clar vizibilă.

-Ar fi trebuit să ne gândim şi la nişte jocuri, menţionă Axel. Copiii se plictisesc uşor, îi explică el.

-Am jocuri în camera de activităţi recreative, replică Victor pe un ton dur.

Nu ştia de ce, dar nu-i plăcea ideea ca Axel să preia controlul. Copiii erau musafirii lui până la urmă.

Axel îi aruncă o privire scurtă, iar apoi îşi scutură capul pentru a-l face să înţeleagă că nu era corect în presupunerile sale. Ca răspuns, Victor se încruntă la el. Pur şi simplu ura faptul că Axel îşi lua libertatea de a se plimba prin mintea lui ori de câte ori avea chef.

Liliana se aplecă deasupra lui Victor şi îl întrebă:

-Mai vrei cafea?

-Da, dacă mai este cafea, da, mulţumesc, dădu el din cap, iar brusc ochii i se pironiră pe decolteul ei, care se găsea chiar în faţa privirii lui. Ar fi fost dificil să nu-l vadă pentru că Liliana purta un tricou cu răscroiala foarte joasă.

'*Are nişte sâni fantastici,*' gândi el, iar apoi îşi scutură capul de necaz. Nu era treaba lui să-i remarce sânii.

Axel râse şi toţi se întoarseră spre el plini de curiozitate. Leah îşi scutură capul la el mustrător, iar Victor mai că mârâi când înţelese că Axel îşi luase iarăşi libertatea de a mai face o scurtă excursie prin gândurile sale.

Dându-şi seama că Victor se holba la sânii ei, Liliana se înroşi violent, iar apoi se îndreptă imediat. Jenată, aproape că scăpă carafa din mână, dar până la urmă, reuşi să toarne cafeaua în ceaşca lui Victor, vărsând numai câteva picături pe masă, pe care le şterse imediat cu un şerveţel.

-Este aproape unsprezece, remarcă ea. Ce părere aveţi de nişte sendvişuri?

-Ţi-am spus că nu este treaba ta să mă serveşti, se răsti Victor la ea.

-Nu te serveam pe tine, îi răspunse ea pe un ton arogant.

Liliana îşi puse mâna stângă pe şold, iar o scânteie de supărare îi luci în ochi. Se uită fix la el, încercând să-l intimideze şi rebeliunea îi jucă în ochi.

Victor nu-şi imaginase că acei ochi catifelaţi ar fi putut deveni duri ca oţelul şi atitudinea ei îl surprinse.

'Ei bine, se pare că se poate. E cazul să ţin minte – niciodată să nu subestimez o femeie.'

Lilianei nu-i plăcea înţelesul cuvintelor lui Victor, iar aceasta nu era prima dată când îi spunea acest lucru. Bărbatul îi dădea clar impresia că încerca din toate puterile să o ţină cât mai la distanţă de el. Liliana nu înţelegea de ce Victor se străduia atât de mult, pentru că ştia că acţiunile ei nu aveau nici un fel de motive ulterioare în fond.

-Trebuie să le dau prânzul copiilor, aşa că o să pregătesc mâncarea oricum. Mai mult decât atât, avem musafiri în casă, dacă tu nu ai remarcat încă, replică ea mânioasă.

-Ei nu sunt musafiri, se întunecă el la chip. Au venit aici cu o treabă, continuă el printre dinţi.

-Să înţeleg că eşti împotrivă să le ofer nişte sendvişuri? se răsti ea, deja sătulă de răspunsurile lui evazive şi dorind să-l audă spunând clar ce dorea.

Ceilalţi trei urmăreau discuţia dintre ei doi cu interes. Privirile lor alergau de la Liliana la Victor în acelaşi ritm cu replicile lor.

Liliana se simţise prost la început din cauza audienţei, dar până la urmă decisese că dacă lui Victor nu-i păsa că ceilalţi trei le auzeau discuţia, atunci nici ei nu trebuia să-i pese.

Ea una ştia că atunci când îţi intra cineva în casă, gazda trebuia să pună ceva pe masă.

-Desigur că nu mă deranjează, replică el. Mă gândeam numai că nu este cazul să te deranjezi dacă aveai alte lucruri de făcut, preciză el pe un ton ursuz.

-Atunci poate ar fi cazul să nu mai presupui ce vreau *eu* să fac sau ce planuri mi-am făcut, îi replică ea cu neplăcere.

Îşi scutură de asemenea capul pentru a da mai multă greutate cuvintelor ei, iar ochii îi străluceau din cauza iritării.

-*Eu* sunt cea care decide atunci când este vorba de acţiunile mele, sublinie ea.

-O să ţin minte, nici o grijă, mormă el şi practic o concedie fără să-i mai arunce nici măcar o privire.

Liliana traversă terasa cu spatele drept, ţinând una dintre mâinile ei strânsă în pumn pe lângă corp. Victor îi urmări mersul furios cu colţul ochiului.

Axel surâse, clătinându-şi capul. Când vârful ascuţit al ghetei lui Leah îl pocni în fluierul piciorului, îşi întoarse ochii întrebători spre ea.

-Ce e? întrebă el gesticulând.

Leah se mulţumi să-şi scuture capul la el încă o dată, pentru a-i indica că nu era cazul să-l tot incite pe Victor să reacţioneze. Era adevărat că Victor era rănit pe moment, dar bărbatul nu lăsa impresia că va suporta interferenţa lui Axel prea multă vreme.

Axel nu era prost. Putea şi el să vadă, la fel de bine ca şi Leah, că Victor nu aprecia incursiunile pe care şi le tot permitea Axel în mintea lui, dar cu toate acestea, se părea că lui Axel nu-i prea păsa cât de nemulţumit era Victor.

Leah era de partea lui Victor pentru că îi înţelegea foarte bine reacţia. Nimănui nu i-ar fi plăcut să aibă mintea explorată tot timpul. Era o încălcare flagrantă a vieții private, iar acel lucru era de neiertat.

-Hai, să ne apucăm de lucru, spuse ea. Timpul zboară și noi nici măcar nu am început, preciză ea, arătând cu înțeles spre ceasul de la mâna ei. Deci Mark, spune-ne exact ce ai aflat. Victor trebuie să audă absolut totul ca să ne poată ajuta, îi explică ea cu răbdare subordonatului său.

Nu era prima dată când fusese nevoită să facă acel lucru în acea dimineață. Deja îi explicase situația lui Mark de doi ori mai înainte.

Mark putea să fie la fel de încăpățânat ca un măgar atunci când o dorea. Acum, lui Mark nu-i plăcea că Victor era implicat în munca lor, deși omul nu insistase defel să fie implicat în investigație. Leah decisese să-l includă pe Victor în anchetă pentru că, oricum, deja începuse să lucreze la acel caz, iar ajutorul lui se putea dovedi valoros.

După cum se și aștepta, Mark se încruntă. Cu toate acestea, își porni iPad-ul și deschise dosarul pe care îl pregătise pentru întâlnirea aceea.

-Am continuat cu cele șapte cazuri pe care le-ai anchetat deja, spuse el aruncând o privire spre Victor. După cum ai sugerat și tu, primele două accidente nu au adus nici un fel de lumină asupra cazului. Într-adevăr, nimeni nu ar putea dovedi că acelea au fost crime și nu accidente. Fără martori și fără nici un fel de evidență criminalistică ar fi dificil de construit un caz, dădu el din umeri, iar gura i se strânse cu duritate într-o linie subțire.

-Dacă am fi știut unde să ne uităm atunci când acele accidente s-au produs, explică Leah pe o voce apologetică, poate am fi găsit ceva să ne susțină teoria. În ambele cazuri, ofițerii chemați la fața locului nu au avut nici un fel de motiv să suspecteze crima, își ridică ea mâinile cu palmele în sus.

-Știu, aprobă Victor dând din cap. Am verificat și eu ambele cazuri și dacă nu aș fi știut că ceva era în neregulă din cauza celorlalte cazuri, nici eu nu aș fi suspectat nimic. De aceea le-am pus deoparte și am decis să mă ocup de celelalte, explică el.

-Mda, următoarele trei cazuri pe care le-ai investigat promit mult, într-adevăr, Mark aprobă și el. Nu știu cum de polițiștii nu au văzut evidența ce o aveau în fața ochilor. În special în cazul cu varza, spuse el și se cutremură. Ah, înfiorătoare cale de-a muri, mormăi el.

Victor își amintea de acel caz foarte bine. Ar fi fost și dificil să-l uite. Se presupunea că femeia, care avea doar treizeci și cinci de ani, își tăiase venele în timp ce încerca să înfigă un cuțit mare de bucătărie într-o varză. Făcea conserve pentru iarnă la vremea aceea.

Teoria era că nu a nimerit varza, iar cuțitul i-a penetrat încheietura mâinii cu care ținea varza în loc. Fusese o afacere foarte sângeroasă.

Soțul ei declarase că a găsit-o pe podea într-o baltă de sânge când se întorsese acasă, iar cuțitul era tot înfipt în încheietura ei în acel moment. Polițiștii care s-au deplasat la scena faptei nu au chestionat deloc inocența bărbatului. Au considerat cazul gata rezolvat.

-Cum de a putut medicul legist să ignore celelalte vânătăi de pe brațele ei, nimeni nu poate înțelege, declară Mark. Din fericire, încă mai avem pozele de dinainte de autopsie, iar vânătăile apar în poze şi ne spun întreaga poveste.

-Dar ar trebui să fie ceva mai mult decât numai vânătăile, Victor spuse pe o voce încăpăţânată. Ştiu că femeia a fost ucisă, şi mai ştiu si că banii de asigurare au fost încasaţi, îşi ridică el mâinile brusc cu palmele în sus. Dar trebuie să fie mai mult decât atât, insistă el şi îşi scutură capul. Este ceva ce nu am descoperit încă, din păcate. Brokerul cu siguranţă a primit o parte din banii obţinuţi de pe asigurare pentru că altfel nu ar avea nici un sens să fie implicat, iar el e implicat, cu certitudine. A vândut prea multe poliţe de acest gen, pentru a nu fi implicat. Deci este corect să presupunem că are şi el de câştigat din această afacere. Acum problema care se pune este cum putea el să-l oblige pe soţ să plătească în acest caz. O dată ce bărbatul a fost exonerat, nimeni nu ar mai fi aruncat o privire în direcţia lui a doua oară. Dacă soţul a fost chiar el ucigaşul, în fapt. Este posibil ca altcineva să-l fi ajutat. Iar crima nu este o afacere ieftină.

Mark îi aruncă o privire, iar triumful îi jucă în ochi. Era adevărat că Dobrotă a început ancheta, dar proprii lor oameni reuşiseră să descopere punctul focal.

'Doamne, cât de tânăr şi cât de fraier este,' Victor reflectă, luând notă de satisfacţia care lucea în ochii detectivului. *'Ca şi cum ar conta cine şi ce a găsit. Aş fi crezut că ceea ce contează este să oprim aceste crime.'*

Victor mai că îşi rostogoli ochii în cap, dar simţi zâmbetul amuzat al lui Axel şi se opri. Se încruntă la el, dar Axel îşi ridică mâinile şi râse.

-N-am făcut-o de data asta, spuse el, convins că Victor îi va înţelege cuvintele.

Evident, Victor îi înţelese sensul cuvintelor. Îşi imagină că Axel ştia ce gândise pentru că îi văzuse expresia de pe faţă.

Deşi nu prinsese ce dorea Axel să spună, sprâncenele lui Mark i se ridicară pe frunte. Declaraţia lui Axel nu făcea nici un sens in contextul discuţiei pentru că nu credea că Axel ar fi mărturisit vreo crimă. Nu-i plăcea omul, dar se vedea nevoit să recunoască că ar fi putut spune orice despre Axel, dar nu că era idiot.

-Deci? îl îmboldi Victor pe Mark.

Mark se uită la el chiorâş, nepricepând ce voia de la el, iar Victor oftă. Îşi aruncă privirea spre Leah, aproape implorând-o din ochi să facă ceva şi să preia conducerea discuţiei.

-Mark, continuă cu relatarea, spuse ea. Ce conexiune am descoperit? Haide, spune-ne. Nu vezi că toată lumea aşteaptă? îl îmboldi ea pe Mark să continue cu prezentarea faptelor.

-Oh, da, tânărul detectiv se înroşi uşor. Anna i-a cerut contabilului nostru criminalist – un adevărat guru în domeniu, să arunce o privire la afacerea brokerului. Desigur, pe baza a ceea ce putem verifica fără ca să fie necesar să cerem un mandat de căutare, explică el.

Victor nu se putu opri să observe că şi mâinile lui Mark purtau o conversaţie secundară.

-Oricum, continuă Mark, acest guru al nostru a reuşit să determine că Smidgen face afaceri numai cu un singur individ în ceea ce priveşte brokerajul financiar. Aparent, acest individ oferă împrumuturi pe care, de regulă, le cere înapoiate într-o lună şi la care aplică o anumită dobândă. Acum, mai interesant decât atât..., spuse Mark şi apoi făcu o pauză pentru efect.

Victor ridică din sprâncene când Mark continuă să tacă fără să mai adauge nimic şi un rânjet îi apăru pe buze. Victor presupuse că Mark avea doar puţin peste treizeci de ani, dar cu toate acestea se comporta ca un bărbat care abia trecuse de douăzeci de ani.

Leah îşi râse în barbă pentru că îl cunoştea bine pe Mark. Lucraseră împreună timp de mai mulţi ani deja şi se obişnuise cu toate idiosincraziile lui.

Acum, văzând jocul emoţiilor de pe faţa lui Victor, putea să-l reevalueze pe Mark cu ochi noi, iar acţiunile lui o amuzau la fel de mult cum o amuzaseră şi în trecut.

Victor înţelegea că Mark îşi oprise relatarea pentru a da mai multă importanţă vorbelor sale. Cu toate acestea, poliţistul nu mai continuă după cum ar fi fost de aşteptat.

Victor îşi ridică privirea la cer ca şi cum ar fi implorat intervenţia divină. Axel zâmbi când îi văzu reacţia şi decise să intervină el însuşi.

-Ce-i aşa de interesant, Mark? întrebă el.

Mark se strâmbă. El se aşteptase ca investigatorul de asigurări să-i ceară să continue. Mark simţea nevoia să-l audă spunând *te rog*.

-Se pare că Gunther într-adevăr avea unele informaţii pentru domnul Dobrotă, mormăi el.

CAPITOLUL 12 – BĂTĂLII PE TOATE FRONTURILE

-Hai să uităm de toate aceste formalități, îi întinse Victor o ramură de măslin lui Mark. Mi te poți adresa pe numele de Victor, așa cum face toată lumea aici, îl invită el.

Vocea îi suna destul de plăcut. Până și umbra unui zâmbet îi apăru pe buze, chiar dacă zâmbetul nu-i atinse și ochii.

Mark se uită la el dintr-o parte și își încreți nasul cu neplăcere, semn că nu aprecia de fel gestul de bunăvoință al lui Victor.

'Crede că mă poate aiuri, hmm,' Mark mustăci cu neplăcere. *'Nu pe mine. Nu poți să mă cumperi cu atât de puțin.'*

Victor îi interpretă privirea în mod corect și ridică din umeri. *'Ca și cum mi-ar și păsa.'*

Leah se mulțumi numai să-și scuture capul, un semnal clar pentru Mark că ar trebui să-și revizuiască comportamentul. Era obosită și sătulă de resentimentele lui juvenile, mai întâi împotriva lui Axel, iar acum împotriva lui Victor.

Mark pretinse că nu i-a văzut gestul. '*Nu-mi poate face nici un fel de morală atâta timp cât eu nu văd,*' se gândi el copilărește.

-Mi-e foame, Maria trase de mâneca lui Victor.

Victor se strâmbă, dar se întoarse spre ea. Era a doua oară pe ziua aceea când cineva se apropia de el fără ca el să audă sau să simtă ceva.

Pe neașteptate, un zâmbet îi apăru pe buze. Chipul copilei era înroșit din cauza eforturilor pe care le făcuse și, desigur, câteva urme de negreală îi pătau albul cremos al pielii.

-Mama ta ar trebui să apară într-un minut. A spus că va face niște sendvișuri. Poate că ar trebui să mergeți înăuntru și să vă spălați pe mâini și pe față ca să puteți mânca, da? îi replică el pe o voce blândă.

-Bine atunci, spuse ea și chemându-și fratele, alergă în casă prin ușile franțuzești.

Băiatul lăsă mingea în urmă și o urmă ca vântul. Devenea din ce în ce mai evident că Maria era de fapt liderul dintre cei doi copii.

-Ești bun cu copiii, observă Leah, iar un zâmbet jucăuș îi apăru pe buze.

Victor nu spuse nimic, ci doar mormăi. Refuza clar să se gândească la astfel de lucruri și, în special, într-un context legat de copiii Lilianei. Nu că s-ar fi gândit vreodată în viață la copii.

Chiar în acel moment, Liliana ieși din casă cu o tavă cu boluri și farfurii. Ochii lui Victor se opriră pe ea automat și omul se încruntă.

El trăise cu impresia că fusese foarte clar. Îi spusese fără nici un fel de ambiguitate că nu trebuia să se obosească să facă atâtea lucruri.

-M-am gândit că o supă cu găluşte ar merge foarte bine cu sendvişurile, le explică ea tuturor, un zâmbet calm încreţindu-i colţul ochilor.

Liliana avu mare grijă să evite ochii lui Victor. Îi remarcase încruntarea în momentul în care ieşise pe terasă şi nu se simţea în stare să-i ţină piept dacă ar fi fost atrasă într-o nouă discuţie cu el.

Liliana chiar se întreba ce se întâmpla de fapt. Dacă stătea să se gândească, nu locuise în casa lui nici măcar douăzeci şi patru de ore, dar deja ei doi avuseseră o serie de dezacorduri şi fără nici un fel de motiv, până la urmă.

Liliana era şi ea furioasă pe el. Ea refuza să accepte faptul că cineva nu i-ar oferi prânzul unui musafir, chiar dacă acel oaspete îi venise în casă cu afaceri.

Ea nu putea concepe că viaţa într-o ţară străină ar fi putut să-l schimbe pe Victor într-atât de mult. Mama lui era o gazdă extrem de atentă, iar Liliana era convinsă că femeia l-a învăţat şi pe el să fie la fel.

Liliana puse tava pe masă şi aşeză câte un bol de supă în faţa fiecăruia dintre ei. Apoi, aşeză platoul cu sendvişuri în mijlocul mesei şi alături de el puse teancul de farfurii în aşa fel încât fiecare să se poată servi. Puse, de asemenea, nişte şerveţele în mijloc, iar apoi aşeză lingurile pe şerveţele.

-Dacă aveţi nevoie de altceva, trebuie doar să-mi spuneţi. Este cumva o problemă dacă eu şi copiii mâncăm la masa de acolo? se uită ea spre Victor, arătând spre cealaltă masă de pe terasă.

-Nu, nu este o problemă, îi răspunse el pe un ton brusc, printre dinţii strânşi.

Era clar că Victor încerca să nu ridice vocea la ea din nou, dar, cu toate acestea, ochii lui continuau să îi arunce săgeți. O furie mocnită lucea în pupilele lui, iar furia aceea o îngrijora într-o oarecare măsură.

-Mulțumesc, răspuse ea politicos, hotărâtă să nu-i lase mânia să-i determine acțiunile. Unde sunt copiii? întrebă ea pe un ton ușor mai ridicat decât înainte când își dădu seama că cei doi nu erau în curte unde îi lăsase.

Ochii i se măriseră, iar aceea demonstra că era cu adevărat speriată. Liliana era îngrijorată că ceva li se întâmplase și nimeni nu remarcase nimic pentru că erau ocupați cu alte lucruri.

-Nu i-ai văzut? Doar ce au trecut pe lângă tine când au fugit în casă, se minună Victor, iar uluirea îi străluci în privire. Tocmai ce au intrat să se spele pe mâini și pe față. Le este foame și își vor prânzul, menționă el.

-Oh, bine atunci, replică Liliana ușurată. Atunci mă duc să le aduc și lor mâncarea afară. Mulțumesc, spuse ea și porni în grabă spre casă cu pași hotărâți.

Victor oftă. Uitase cât de politicoși erau oamenii din zona lui de origine.

Și cu toate acestea, nu se simțea bine că femeia tot îi mulțumea când   , în realitate, el nu făcea absolut nimic. Singurul lucru la care era bun pentru moment era să zacă undeva, ca o masă informă, incapabil să miște mai mult de un mușchi.

-Oooh, supă cu găluște, exclamă Mark, cu ochii fixați pe bol.

Înşfăcă una din linguri şi atacă supa din bolul lui, iar ochii i se rotunjiră din cauza entuziasmului.

-Ai mai mâncat supă din asta? îl întrebă Victor pe un ton uşor arţăgos, în acelaşi timp ridicându-şi sprânceana stângă ironic.

Mark îşi scutură capul şi, apoi, băgă lingura plină cu lichidul auriu în gură.

-Atunci de ce naiba eşti atât de entuziasmat? nu îşi mai putu ţine Victor gura închisă. Este posibil să fie oribilă din câte ştii tu, comentă el sarcastic.

Mark se opri un moment, şocat de cuvintele lui Victor, dar apoi dădu din umeri.

-Pentru că mi-e foame. Dar acum că am şi gustat supa pot să spun că e gustoasă. Încearc-o şi tu, îl invită el pe Victor pe o voce entuziastă, fluturând lingura.

Victor se strâmbă şi încercă să evite picăturile de lichid care zburau de pe lingura lui Mark. Iritarea lui vis a vis de bărbat creştea exponenţial şi devenea din ce în ce mai evidentă.

Victor îşi dădu ochii peste cap, oftă din nou şi replică:

-Ştiu ce gust are supa de găluşte. Îmi imaginez că este bună. Liliana nu ar fi putut să dea greş cu ea chiar dacă ar fi încercat. Şi oricum, de regulă, femeile din regiunea de unde provine ea ştiu să gătească, menţionă el, luându-şi şi el lingura de pe masă.

Umplându-şi lingura cu supă, o duse la gură. Într-adevăr avea gust bun şi el dădu din cap cu satisfacţie.

-Mă rog, marea parte a femeilor, îşi revizui el afirmaţia, gânditor. Am o mătuşă, ştiţi. Oricât de mult a încercat femeia – şi a încercat, nimeni nu poate nega că nu s-a străduit, nici măcar câinele nu-i mânca mâncarea, îşi scutură el capul cu regret, în timp ce Axel râdea ca un nebun.

-Pe bune? Nici măcar câinele? întrebă Axel de parcă nu-i venea să-şi creadă urechilor.

-Pe bune. La ei în casă, unchiul meu găteşte. Vezi tu, unchiul meu este un om care apreciază o mâncare bună, aşa că a trebuit să înveţe cum s-o facă, a explicat Victor pe un ton sec.

-Supa asta e bună, într-adevăr, spuse Mark arătând cu lingura spre bolul din faţa lui, fără să pară a se adresa cuiva specific. Păcat că-mi plac femeile blonde, mormăi el, dar în ciuda murmurului său, Victor îl auzi foarte bine.

Se aplecă peste masă, fără a da nici o atenţie durerii ascuţite din partea de jos a abdomenului, şi îţi aţinti privirea drept în ochii lui Mark.

-Nici măcar să nu te gândeşti, îl avertiză el printre dinţi, iar ochii îi deveniră duri şi ameninţători.

Axel o împunse cu cotul pe Leah, iar ea dădu din cap aproape imperceptibil. Desigur că remarcase comportamentul teritorial al lui Victor. Ar fi fost şi dificil să nu îl observe. Nu era cazul ca Axel să se obosească să-i atragă atenţia.

Ea observă, de asemenea, că Mark pur şi simplu îngheţase, mâna cu lingura oprindu-i-se aproape de gură. Leah abia reuşi să-şi stăpânească râsul, iar pentru a-l acoperi, tuşi de câteva ori.

-Ne spuneai despre ce avea Gunther pentru Victor, Leah interveni plină de tact, sperând să oprească scânteile dintre cei doi.

Nu că s-ar fi așteptat ca Mark să se ia la bătaie cu Victor, dar nu era atât de sigură de ce ar fi putut aduce temperamentul volatil al lui Victor. Omul părea destul de furios și gata să reacționeze. Empata din ea simțea că bărbatul se lupta amarnic cu impulsul de a-l pocni pe detectiv.

-Ah, da, sări Mark imediat pe șansa de a schimba subiectul de discuție. Este posibil ca Gunther să fi avut ceva cu el când a venit la locul de întânire cu tine, îi spuse el lui Victor. Este posibil ca ucigașul să fi luat informația cu el după ce l-a ucis. Am găsit în buzunarul de la haina lui Gunther o bucățică ruptă dintr-un fel de plic făcut din hartie tare, care cu siguranță provine dintr-un plic folosit pentru un disc. Evident era îmbibată cu sânge. Oricum, omul avea un alt disc la el acasă. Echipa criminalistică aproape că a trecut peste el fără să-l vadă. Gunther îl lipise sub masa lui din birou. Sunt tot felul de tranzacții pe acel disc și totul este foarte bine organizat. A scris absolut totul: număr de poliță de asigurări, suma asigurată, suma împrumutului și data la care împrumutul trebuia să fie plătit. Sunt convins că există urme electronice pentru toate acestea, concluzionă el, iar după aceea se mai servi cu supă, oftând mulțumit.

-Putem folosi dosarul pentru a determina cât a luat fiecare, menționă Leah, gustând și ea din supă, iar ochii i se închiseră de plăcere. Liliana chiar știe să gătească, spuse ea.

-Eşti un ticălos norocos, interveni şi Axel, iar apoi râse când Victor mai că mârâi la el.

-Acum trebuie să determinăm cum a fost ucis fiecare, spuse Mark, fluturând mâna cu care ţinea lingura, ceea ce îl făcu pe Victor să-şi încrucişeze ochii încă o dată. Şi desigur, cine a comis crimele, mai adăugă detectivul.

-Mai mult decât atât, trebuie să prevenim alte crime, Leah sublinie. Le-am cerut celor două companii de asigurări să verifice şi să ne dea totalul poliţelor de acest gen care au fost vândute în ultimele şase luni. Plecăm de la premisa că toate crimele au loc în mai puţin de şase luni şi sperăm să nu ne înşelăm, explică ea, iar apoi se servi cu un sendviş. Dar să mă gândesc că ei ar avea răbdarea să aştepte o perioadă mai lungă de timp..., îşi scutură ea capul cu îngrijorare. Imaginează-ţi că în acel caz nu vom reuşi niciodată să închidem această anchetă, continuă ea cu neplăcere.

-Acesta este un punct de plecare bun, aprobă Victor. Poate că ar trebui să discutaţi cu cei doi specialişti de reclamaţii cu care am discutat eu. Este imposibil ca ei să nu cunoască alţi auditori ca ei în oraş, oameni care lucrează pentru companii mici. Şi atunci puteţi lua legătura şi cu ceilalţi. Ei pot verifica dacă aşa ceva s-a întâmplat şi în cazul poliţelor de asigurări vândute de alte companii de asigurări, propuse Victor şi toată lumea, inclusiv Mark aprobă.

-Da, este o idee bună, spuse Leah după ce înghiţi bucata de sendviş pe care o mesteca. Ar trebui să-i cerem Annei să îi contacteze, se întoarse ea spre Mark.

Mark imediat se întinse să-și ia telefonul mobil. Nu avu însă timp să formeze numărul Annei pentru că telefonul lui Leah sună și ea răspunse. Cu o încruntătură serioasă pe față, Leah ascultă câteva momente, iar apoi se uită la ceas.

-Bine, voi ajunge acolo în vreo treizeci de minute, în funcție de trafic. Păstrează ofițerii la fața locului și cere să fie trimisă echipa criminalistică să examineze scena, ordonă ea și deconectă apelul.

-Avem un nou '*accident*', spuse ea, dar chipul ei nu se destinse defel. Aceeași încruntătură îi marca fața.

Își îndesă telefonul înapoi în geantă și-și scutură capul, iar supărarea îi era clar înscrisă pe chip. Apoi se întoarse spre Victor și-i spuse:

-Atunci când am găsit dosarul acela acasă la Gunther, am verificat să vedem care dintre asigurați mai era în viață și am făcut o listă cu numele oamenilor. Acea listă a fost circulată prin toate secțiile de poliție. Am considerat că măcar așa, dacă ar fi avut loc vreun alt accident, ofițerii nu-l vor nota în rapoarte doar ca un accident și ne vor chema. Ceea ce au și făcut. Unul dintre asigurați tocmai a avut un '*accident*', încheie ea pe o voce obosită.

-Mi-era teamă de asta, îi răspuse Victor scuturându-și capul, iar buzele îi deveniră o linie subțire dură.

-Trebuie să mergem, le spuse Leah celorlalți doi, pregătită să se ridice și să plece. Își luase deja geanta în poală.

-Bine, bine, lasă-mă numai să-mi termin supa, mormăi Axel nemulțumit. Nu mai mult de două minute. Sunt sigur că nimic nu se va schimba în următoarele două minute, spuse el cu hotărâre şi îşi scufundă lingura în supă din nou.

Mark îi susţinu propunerea scuturându-şi capul viguros, arătând şi el că nu dorea să plece. Apoi începu să-şi mănânce supa cu viteză, de parcă ar fi fost ultima lui zi pe pământ.

Leah şi Victor schimbară priviri amuzante. Ştiau că cineva murise, dar ştiau şi că trebuiau să păstreze distanţa şi să se pregătească pentru ce urma să vină.

CAPITOLUL 13 –

NEMULȚUMIRI LA LOCUL

CRIMEI

Leah nu-și putu crede ochilor când păși în casa victimei urmată de Axel și Mark. Mai mulți ofițeri de poliție se plimbau prin jur, fără nici cea mai mică grijă că ar fi putut distruge dovezi importante. Se învârteau prin casă de parcă se găseau în zona cu restaurante de la mall.

Detectiva abia se stăpâni să nu ofteze, dar ochii i se îngustară amarnic și aruncară săgeți în dreapta și în stânga. Mâinile i se strânseră în pumni atât de tare încât unghiile îi zgâriau pielea de pe palme.

Leah cercetă în jur să găsească persoana responsabilă pentru acea flagrantă încălcare a procedurii, gata să o facă bucățele. Ceea ce se întâmplase nu era numai o violare a regulilor și o lipsă de respect față de ordinele pe care ea le dăduse, dar era și o lipsă totală de respect față de propria lor uniformă.

Leah intră tropăind în casă fără să-şi ascundă furia. Nici nu ajunsese bine la mijlocul holului că tăcerea se lăsă în jur.

Axel şi Mark o urmau îndeaproape. Amândoi îi împărtăşeau indignarea şi uimirea. Nu era ca şi cum ofiţerii nu fuseseră preveniţi şi nu ştiau că era posibil să aibă o crimă în mâinile lor.

Axel mustăci, iar buzele i se arcuiră într-un rânjet sardonic. Remarcase deja reacţia ofiţerilor de poliţie în uniformă când dăduseră cu ochii de Leah. Ochii li se umpluseră de panică.

Ceea ce nu putea el înţelege sub nici o formă era cum de nu s-au gândit că Leah va veni la faţa locului. Fusese doar notificată despre *'accident'*, iar ea îi informase că va sosi acolo curând.

Starea locului crimei îl supăra şi pe Axel, dar acest lucru nu îl oprea să nu se amuze probând gândurile unuia sau altuia. Era mai mult decât edificator să vadă nişte bărbaţi atât de bine făcuţi înspăimântaţi de o mână de femeie.

Leah se opri numai după ce intră în bucătărie. Acolo, un detectiv vorbea cu medicul legist, fără să fie conştient că Leah ajunsese deja la locul crimei şi că se găsea la o distanţă destul de mică de el, astfel auzindu-i cuvintele foarte bine.

-Ei, oricine poate vedea că a fost un accident, dar ştii cum sunt femeile. Ele întotdeauna trebuie să facă din ţânţar armăsar, spuse el cu ironie muşcătoare.

-Eşti sigur, Mike? îl întrebă Leah pe un ton înşelător de calm, când se opri chiar în spatele lui.

Când cuvintele ei îi ajunseră la urechi, ofiţerul se strâmbă şi se întoarse spre ea. Gura îi era strânsă de neplăcere, iar consternarea i se citea pe față. Nu era tocmai încântat că detectiva auzise ce a spus.

Mike deja avea o reputație mai specială printre colegii săi. Toată lumea știa care îi erau opiniile în legătură cu colegele sale polițiste.

Fusese deja admonestat de câteva ori pentru punctele lui de vedere misogine și ultimul lucru pe care și-l dorea era să fie din nou admonestat pentru ultima lui remarcă. Nu ducea lipsa unei noi note negative în dosarul său. Din cauza raportelor anterioare ce fuseseră atașate la dosarul său, nu obținuse nici o promovare de-a lungul ultimilor trei ani.

-Detectiv Leah MacKay, murmură el cu neplăcere.

Dar cu toate că era neplăcut surprins, tot nu se putu controla și, ca de fiecare dată când se găsea în prezența ei, ochii săi măturară peste trupul femeii fără grabă. Faptul că avea o nevastă acasă nu însemna că era și orb.

Privirea lui era clar privirea unui bărbat ce analiza fizic o femeie, iar lui Axel nu îi conveni deloc. Avansă cu pași apăsați până ce ajunse să stea umăr la umăr cu Leah.

Ochii lui negri precum cărbunele deveniseră duri într-o secundă, iar Axel îl privi pe celălalt bărbat fix, fără să clipească. Lucirea metalică din ochii lui Axel, precum și poziția sa beligerantă, îl avertiza pe ofițer că ar fi fost mai bine să facă un pas înapoi și să înceteze să o analizeze pe Leah, evident, dacă punea oarece preț pe propria-i piele.

Axel era un bărbat mare, atât în înălțime cât și în construcție, iar ținuta lui era amenințătoare.

Mike înțelese imediat că trebuia să-și reconsidere acțiunile și să o trateze pe locotenentă cu politețe. Dădu din cap, ochii săi exprimând scuzele de rigoare, ceea ce îl satisfăcu pe Axel.

Inima lui Mike se strânsese de iritare. Ura faptul că era obligat să dea înapoi în fața lui Arnett. Mike era și el un bărbat destul de mare, dar Arnett, pe care îl întâlnise în trecut, era mult mai înalt, iar ceva în prezența lui îl făcea întotdeauna pe ofițer să transpire.

Mike niciodată nu înțelesese de ce îi era atât de teamă de Arnett, dar prefera să îl ocolească de la distanță. I se părea că ar fi fost mai înțelept și întotdeauna se comporta prudent în peajma lui Axel. La o adică nimeni nu putea spune că Mike nu avea inteligența necesară și nu știa să adopte cea mai bună cale de acțiune, mai ales când era vorba de protejarea propriei sale persoane.

După ce l-a cunoscut cu adevărat pe Axel, Leah niciodată nu a considerat că bărbatul ar putea reprezenta o amenințare pentru careva, dar trebuia să admită că omul avea o prezență destul de impozantă. Și cu toate acestea, el niciodată nu-și folosise mărimea să o impresioneze sau să o intimideze.

Leah pretinse că nu a observat jocul de putere dintre cei doi bărbați și spuse pe un ton egal:

-Deci, Mike, înțeleg că ai impresia că exagerez numai pentru că femeile sunt predispuse să facă din țânțar armăsar.

Mike se strâmbă. Putea deja auzi predica pe care șeful cel mare urma să i-o țină în momentul când va auzi despre cuvintele ce i-au scăpat din gură. De data aceasta, probabil că nu va mai scăpa numai cu o admonestare. I se spusese să aibă grijă de ce scoate pe gură pentru că dacă nu, va suporta consecinţele.

Îşi trecu degetele prin părul scurt, respirând adânc. Se gândi să liniştească apele cumva şi încercă să-şi explice cuvintele.

-Nu asta am vrut să spun. Am vrut doar să arăt că situaţia de aici, spuse el arătând înspre cadavrul de pe podea, nu ar putea fi considerată altceva decât un accident.

-Şi de ce crezi asta? întrebă Leah, privindu-l insistent, într-o manieră ce-i producea ofiţerului furnicături sub piele.

-Individul a murit din cauza unei obstrucţionări a căilor respiratorii. Mai specific, a murit pentru că probabil şi-a înghiţit prânzul cu prea multă lăcomie şi un os i s-a oprit în gâtlej, explică detectivul, indicând din nou spre corpul victimei cu mâna.

Victima, un bărbat masiv, căzuse lângă masă, cu degetele curbate în apropierea gâtului, de parcă ar fi încercat să-şi deschidă gâtlejul cu unghiile, dar nu a mai reuşit să o facă în timp util.

-Înţeleg, murmură Leah. Şi cu toate acestea, aş vrea să văd eu însămi cum stau lucrurile, replică ea pe un ton dulceag, iar tonul vocii ei avu darul de-a aduce broboane de sudoare pe fruntea ofiţerului.

Omul avea o presimţire neplăcută. Locotenenta era prea liniştită şi nu părea să se teamă că ar fi făcut o greşeală. Cunoscând-o pe locotenentă foarte bine, aceasta putea să însemne un singur lucru – el era cel care făcuse eroarea. Mai mult decât atât, nici măcar nu se obosise să păstreze locul crimei intact pentru că nu suspectase că ar fi ceva în neregulă.

'Dacă asta este într-adevăr o crimă, atunci am încurcat-o rău de tot,' mai că gemu el. Admonestarea venită din partea şefului cel mare părea să devină o certitudine din ce în ce mai întunecată.

Simpatizând cu el, deşi ştia că omul nu o merita, Axel îl bătu pe umăr şi-şi scutură capul cu regret. Buzele i se strânseseră într-o linie subţire, aspră, de parcă l-ar fi compătimit pe detectiv.

Gestul lui Axel îl şocă pe ofiţer pentru o secundă, dar apoi acesta îşi încleştă pumnii. Nu avea nevoie de mila lui. Se trase la o parte, pentru ca Axel să nu-l mai poată atinge. Axel se mulţumi doar să dea din umeri, indiferent faţă de comportamentul detectivului.

-Doctore, înţeleg că omul a decedat din cauza unei obstrucţii a căilor respiratorii, Leah se aşeză pe vine lângă medicul legist, care încă mai verifica cadavrul. În afară de aceasta, mai vezi altceva? întrebă ea, ochii ei cercetând braţele victimei.

Se părea că victima prefera să-şi ia prânzul la bustul gol. Se putea presupune că a adoptat acea ţinută pentru că vărsa mâncare pe el. Leah observă urmele de mâncare de pe pieptul şi abdomenul lui. Petele alcătuiau o hartă bizară.

Dar nu acelea prezentau interes pentru ea. Ochii ei alunecară peste pete în căutarea a ceva mai important.

Tatuurile de pe armele vânjoase ale bărbatului o fascinară pe Leah. Acestea se învârteau în jurul bicepşilor impresionanţi, se urcau pe umerii bărbatului, iar apoi coborau pe pieptul lui.

-Tatuurile vor face căutarea mai dificilă dar nu imposibilă. Tot voi putea vedea dacă există vânătăi pe braţe. Dar mai curând i-aş verifica spatele gâtului şi obrajii, dacă tu crezi că aceasta este o crimă, legistul explică atunci când îi remarcă fascinaţia cu tatuurile victimei.

Leah îi aruncă o privire interogativă, iar medicul legist se decise să-i explice mai pe larg.

-Vezi tu, trebuie să fi fost ţinut pentru a-i putea înfige osul acela pe gât. Dar oricine a făcut asta, ar fi trebuit să-i ţină atât gura deschisă cât şi capul nemişcat. Cel puţin doi bărbaţi puternici ar fi fost necesari pentru aceasta, notă el doar în trecere. Oricum, presupun că trebuie să fi existat puncte de presiune aici, pe ambii obraji şi la ceafă, pe gâtul lui.

-Cu barba aceea nu se poate vedea nimic, remarcă Mark, scuturându-şi capul cu neplăcere.

-Va trebui să-l bărbierim, asta e adevărat, medicul legist aprobă dând din cap. Dar acum că am terminat cu partea din faţă a corpului şi am făcut deja toate pozele necesare, mă gândesc să-l întorc pe burtă. Apoi, voi putea verifica partea din spate a gâtului.

-Bine, fă-o, fu de acord Leah, ba chiar îl ajută să întoarcă acel munte de om pe burtă.

Doctorul îndepărtă părul neîngrijit de pe gâtul omului şi, evident, găsi semnele care arătau că o mână mare pusese presiune pe ceafa bărbatului.

-Ei bine, este crimă într-adevăr, oftă medicul legist.

Cuvintele lui îl înghețară pe Mike câteva secunde. Apoi, bărbatul își masă ceafa cu gesturi nervoase.

Axel nu-și putu opri curiozitatea și făcu o scurtă incursiune în mintea lui Mike. Citi noianul de înjurături care trecură prin mintea detectivului și își dădu ochii peste cap.

Era însă mulțumit că cel puțin detectivul nu a spus nimic cu voce tare. Axel nu ar fi apreciat un asemenea limbaj în prezența lui Leah.

-În regulă, se îndreptă Leah. Anunță-mă când ai terminat autopsia, doctore, îl rugă ea pe legist.

Doctorul dădu din cap că o va anunța, iar apoi le semnală tehnicienilor de la morgă să pună cadavrul într-un sac de plastic. Leah privi procedura gânditoare, iar apoi se întoarse spre Mike.

-Cred că soția este beneficiara poliției lui, dacă îmi amintesc corect. Știi cumva unde este?

Mike arătă spre curtea din spate, iar în același timp își trecu degetele prin păr ciufulindu-l. Chipul său arăta semne de oboseală și brusc părea înfrânt. Obrajii îi erau palizi, iar strălucirea din ochi i se stinsese. Avu nevoie de câteva momente ca să-și găsească cuvintele.

-Este afară în curte cu o polițistă în uniformă. Plângea și se văieta...

-A spus ceva? îl întrebă Leah, deși știa că îi va pune și ea întrebări soției victimei.

-Numai că a așezat prânzul pe masă și că el a insistat să bea bere, dar nu mai aveau nici o sticlă în casă. Se pare că a amenințat-o și a trimis-o să-i cumpere câteva sticle de bere. A lipsit cam cincisprezece minute. Când s-a întors, bărbatul era pe podea, deja mort, iar ea şi-a pierdut controlul câteva minute, şocată să-l găsească aşa. Abia după aceea s-a gândit să sune la 911, recită Mike întreaga poveste pe o voce fără inflexiuni.

Tot nu-şi revenise după ce a auzit verdictul medicului legist. Inima i se făcuse cât un purice aşteptând reproşurile lui Leah.

-Înţeleg, spuse Leah. Mă duc afară să vorbesc cu soţia. Adu aici echipa criminalistică să cerceteze bucătăria. Nu cred că se mai poate găsi ceva folositor în restul casei acum, dar măcar bucătăria nu a fost vandalizată, spuse ea pe un ton sec, iar apoi se îndreptă cu paşi mari spre uşa din spate care, aparent, dădea spre curte.

CAPITOLUL 14 – TEORIE ŞI

REALITATE

-Deci acum ştim că au avut nevoie de trei bărbaţi puternici pentru această ultimă crimă, îşi termină Leah explicaţia.

Apoi se aplecă şi se servi cu una dintre feliile de prăjitură pe care Liliana le lăsase pe masă. Era deja a treia felie pe care o mânca, dar pur şi simplu nu se putea sătura. Combinaţia dintre gemul de caise, umplutura de nucă şi glazura de ciocolată era de nerezistat.

Cu douăzeci de minute înainte, Liliana venise pe terasă şi le adusese prăjiturile pe un platou. Leah o invitase să stea cu ei, dar ea îi refuzase invitaţia de a rămâne pe terasă.

Mai întâi, îi privise pe copiii care se jucau cu mingea în curte, iar apoi i-a aruncat o privire chiorâşă lui Victor pentru câteva secunde. Săgeţile otrăvite pe care ochii ei i le-a aruncat bărbatului nu au rămas neobservate de ceilalţi din jurul mesei.

Privirea ei spunea clar că îl găsea complet nesatisfăcător şi că, în opinia ei, nu i-ar fi stricat câteva cuvinte de morală. După aceea, cu buzele strânse şi capul sus, şi-a îndreptat umerii şi s-a îndreptat cu paşi leneşi spre uşile franţuzeşti care dădeau spre casă.

Ochii albaştri ai lui Victor se întunecaseră, o lumină periculoasă sclipind în pupilele sale negre, iar buzele i se strânseseră într-o linie subţire.

Nimeni nu se îndoia că ceva se întâmplase între cei doi. Era clar că nici unul nu era mulţumit de comportamentul celuilalt.

Curiozitatea lui Leah crescuse pe moment, dar totuşi nu a vrut să pună întrebări indiscrete şi s-a oprit din a citi mintea Lilianei sau a lui Victor. Îşi imagina că Victor le-ar fi spus despre ce era vorba dacă ar fi dorit ca ei să ştie ce se întâmpla.

Oricum, nu mai devreme de dimineaţa aceea, Leah îl avertizase pe Axel să nu mai vâneze gândurile lui Victor. Dictatul ei îi cam stricase dispoziţia lui Axel pentru o vreme, dar omul şi-a revenit destul de repede. Faptul că Axel nu era genul de om care să lase lucrurile să îl necăjească pentru mult timp era unul din calităţile sale care îi plăceau cel mai mult lui Leah.

-Ce spuneai? o întrebă Victor pe Leah, pretinzând că nu ştia la încotro se îndreptau gândurile poliţistei.

De fapt, auzise el destul de bine ce spusese Leah, dar nu era dificil să citească curiozitatea crescândă din ochii ei, iar Victor nu se simţea în stare să intre în detalii despre ce se întâmplase între el şi Liliana în acea dimineaţă. Nici măcar el nu ştia ce să mai creadă despre ultima lor discuţie.

-Am spus că trei oameni puternici trebuie să fi fost implicaţi în aşa numitul accident, repetă Leah cu răbdare, deşi simţi nevoia să-şi flexeze degetele.

Axel zâmbi. Îi ghicise jocul lui Victor şi suspecta că şi Leah îl înţelesese. Dar cu toate acestea, ea nu dorea să-l facă pe Victor să se simtă incomfortabil, aşa că accepta să joace după cum vroia el.

Doar Mark îşi strâmbă gura. Mark era încă ambivalent faţă de Victor. Nu era prea convins că prezenţa lui Victor în anchetă era de dorit, chiar dacă bărbatul le oferise nişte idei bune. El considera că Victor era civil, iar în opinia sa, civilii nu ar fi trebuit să fie implicaţi în acţiunile poliţiei.

-Asta înseamnă că avem brokerul, cămătarul şi cel puţin încă trei oameni implicaţi în această afacere, mustăci Victor. Dar ştii ce mă întreb eu? spuse el şi se aplecă să ia o prăjitură.

Aşteptase suficient de mult timp înainte să se servească şi, din păcate, şi voinţa lui avea limite. Prăjiturile acelea reprezentau desertul lui favorit şi le dusese lipsa. Maică-sa îl învăţase cu ele de când era mic, iar el nu mai avusese parte de nici măcar o bucăţică de când îşi vizitase casa natală ultima oară, iar aceasta se întâmplase cu ani în urmă.

Fusese mult prea ocupat şi din cauza asta nu îşi mai luase o vacanţă de patru ani. Petrecuse acei ani organizându-şi o nouă viaţă în Toronto. Cumpărase casa, făcuse cursurile pentru a obţine certificatul de investigator privat, iar apoi îşi construise clientela.

'Mda, a cam venit timpul să-mi iau o vacanţă, cu siguranţă,' mustăci el. *'Probabil că o voi face la vară.'*

Muşcă dintr-o prăjitură, iar când savoarea îi explodă pe limbă aproape că oftă de fericire.

-Ce-i? îl întrebă Mark nerăbdător, privind prăjiturile cu suspiciune.

După suspiciunea cu care se uita Mark la prăjituri, ai fi putut crede că cine știe ce substanță ilegală adăugase Liliana în compoziția lor.

Mark avea o slăbiciune pentru dulciuri, dar, în același timp, era și sclav al obiceiurilor și lucrurilor cunoscute. Nu simțea impulsul să încerce lucruri noi. În acel moment, nu înțelegea de ce toată lumea se agita atât de mult cu acele prăjituri.

Leah și Axel deja ronțăiseră vreo trei sau patru bucăți fiecare. Victor abia luase o bucată, era adevărat, dar ochii îi alunecaseră spre platoul cu prăjituri constant în ultimele douăzeci de minute. Iar dacă Mark ar fi fost să se ghideze după expresia de pe chipul lui Victor, prăjiturile acelea erau cu adevărat ceva deosebit.

Acest lucru îl determină pe Mark să încerce și el una. *'Doar n-o să mor până la urmă,'* reflectă el filozofic, iar apoi, precaut, alese cea mai mică bucată de pe platou și și-o îndesă în gură.

Abia atunci a înțeles și el de ce ceilalți erau atât de prinși de acele prăjituri. Mestecă rapid, mormăind cu încântare, și înhăță încă o bucată imediat.

Ceilalți trei îl priveau cu amuzament, iar Victor își scutură capul. *'Oare chiar am fost vreodată atât de tânăr?'* se întrebă el și nu pentru prima oară în preajma lui Mark. Nu-și putea aduce aminte. Viața lui abundase în evenimente și experiențe de tot soiul, iar el, inerent, pierduse ceva din sine însuși de-a lungul drumului.

-Spuneai? îl invită Axel pe Victor să vorbească, nesimțind nevoia să fie martor la lăcomia lui Mark.

-Ei bine, mă întreb cum de a știut nevastă-sa unde să se ducă. De unde a știut cu cine să vorbească. Nu-l văd pe broker să-și facă reclamă la acest segment al afacerii sale prin mijloace convenționale, doar știi și tu, își flutură el mâna cu nerăbdare.

-Asta-i o întrebare foarte bună, replică Leah. Și eu m-am întrebat același lucru.

-Probabil că ar trebui să-i verifici și pe ceilalți, propuse Victor. Beneficiarii celorlalte polițe, specifică el. Trebuie să fie un denominator comun pe undeva.

-Și dacă nu este? interveni Mark morocănos, vorbind cu gura plină.

Deja îi verificase pe câțiva dintre ei și nu găsise nimic în comun. Nu credea că altcineva ar fi putut descoperi ceva dacă el nu reușise.

-Nu, trebuie să fie ceva undeva, îl contrazise Victor cu încăpățânare. Altfel nu are sens, își scutură el capul. Ce știți despre nevasta ultimei victime? se întoarse el spre Leah.

-Femeia este casnică. Merge la biserică în fiecare duminică și are un grup de prieteni cu care își petrece timpul. Soțul fusese șofer de camion și era pe drumuri mai tot timpul, citi Leah din notițele ei. Dar, destul de interesant, spuse ea ridicându-și ochii spre Victor, unii dintre vecini au menționat că au auzit scandaluri serioase în casa lor, ori de câte ori bărbatul venea acasă.

-Atunci cum se face că nu le-a raportat nimeni? o întrebă Victor cu o privire plină de îndoială.

Cunoştea foarte bine legea din Ontario şi nu îşi putea imagina că poliţia ar fi stat deoparte fără să acţioneze defel, permiţându-i astfel unui bărbat să-şi abuzeze nevasta.

-Vecinii spun că individul era de genul huligan şi le era teamă de el. După părerea lor, chiar dacă l-ar fi arestat poliţia, acesta tot s-ar fi întors înapoi după o vreme şi le era frică. Se gândeau că se va răzbuna pe ei, ridică Leah din umeri. Se mai întâmplă câteodată, doar ştii şi tu, observă ea.

-Da, acesta ar putea reprezenta un motiv destul de rezonabil, aprobă Victor dând din cap. Au spus de la ce porneau scandalurile acelea? întrebă el, iar curiozitatea i se citea clar pe chip şi-i strălucea şi în ochi.

-Individul a crezut că... hai să spunem că nevastă-sa se distra cu alţi bărbaţi când el era plecat, explică Leah cu un surâs diavolesc pe buze.

-Şi avea dreptate să presupună asta? continuă Victor să întrebe.

-Oh, da, răspunse Axel, şi dădu din sprâncene privindu-l pe Victor.

-Cum de ştii asta? îl întrebă Mark, uitându-se la Axel chiorâş.

Mark ştia foarte bine că atunci când au discutat cu femeia, nimeni nu a menţionat nici un fel de afaceri amoroase clandestine. Şi-ar fi amintit dacă ar fi fost cazul.

Axel dădu din umeri şi, spre neplăcerea lui Mark, îi făcu cu ochiul.

-Era clar ca buna ziua. Era scris pe fața ei, Mark. Nu era deloc dificil de văzut, replică el cu convingere.

Victor își mușcă buza de jos ca să nu izbucnească în râs. Își imagina cum de 'citise' Axel chipul femeii.

-Atunci, poate că ar trebui să-i căutați pe acești alți bărbați, cine știe, propuse Victor deschizându-și brațele. Unul dintre ei poate să fie conexiunea pe care o căutați. Oricum, nu aveți nimic de pierdut, sublinie el.

-Doar timp, mormăi Mark. Este o pierdere de timp să căutăm niște bărbați inexistenți numai pentru că Axel *'i-a citit femeii expresia facială,'* adăugă el pe o voce certăreață.

-Nu, nu este, îi replică Leah pe un ton liniștit, dar hotărât. Sună-l pe Josh și cere-i să verifice cum stă situația, îi ordonă ea detectivului.

Mark își făcu gura pungă, dar nu putea refuza un ordin direct de la superiorul său. Oricum, era recunoscător că cel puțin Leah nu-i ceruse lui să investigheze. Planurile lui nu implicau munca peste program.

Formă numărul lui Josh și, în același timp, profită să mai ia încă o bucată de prăjitură și să și-o îndese în gură. Devenise dependent de ele deja.

Leah își scutură capul și se uită urât la el. Mark se grăbi să mestece și să înghită. Brusc își aduse aminte că nu-i plăcea lui Leah să vadă pe careva vorbind cu gura plină.

Maria și Lucian alergară pe lângă ei râzând. Maria îi spuse ceva fratelui ei, dar Leah nu-i înțelese cuvintele pentru că fetița vorbise în română. Copiii alergară în casă, dar cu toate acestea râsetele lor tot se mai auzeau pe terasă.

-Mă gândeam să obțin un mandat de cercetare atât pentru broker cât și pentru cămătar, se întoarse Leah spre Victor.

-Pe baza a ce? o întrebă Victor pe o voce foarte practică.

-Pe baza zvonurilor, replică ea ridicând din umeri cu indiferență. Pe baza a ceea ce ne-ai spus tu. Știi că avem cauză probabilă, explică ea.

-Poate că aveți. Dar asta ar însemna să vă arătați cărțile, cred, explică Victor. Mă îndoiesc că este o mișcare bună, își scutură el capul. Poate că ar trebui să încercați ceva diferit mai întâi, spuse el abia audibil, părând ușor preocupat de altceva.

-Ce? îl întrebă Leah, aplecându-se spre el pentru a-l auzi mai bine.

Leah era așezată în fotoliul de vis a vis de Victor și dacă acesta vorbea abia șoptit, ea nu-l putea auzi.

-Mă întrebam și eu, știi, spuse el, întorcându-și privirea spre ea. Dacă acei oameni nu aveau nici o idee că erau asigurați?

-Ei, acum, asta este o idee, sări Axel în discuție, foarte interesat de noua direcție indicată de către Victor.

Până și Mark își termină discuția cu Josh imediat pentru a asculta ce avea Victor de spus. Nu se făcea să fie lăsat de-o parte.

-De ce crezi asta? îl întrebă Leah, frecându-și mâinile, ca și cum ar fi presimțit că și mai multă muncă îi va fi aruncată în poală.

-Ei bine, m-am interesat în jur zilele acestea, ca să spun așa. Știi și tu că nu e ca și cum aș putea face prea multe fiind închis în casă și nefiind capabil să mă mișc după cum aș vrea, își deschise el brațele.

Victor le arătă laptopul pe care-l lăsase pe masă, iar apoi continuă:

-Am verificat care e piața și care sunt prețurile pentru asigurările de viață. De asemenea, am citit câteva studii și am verificat statistici, știți ce vreau să spun, gesticulă el. Doar așa, ca să am o idee cât mai clară, ridică el din umeri.

Victor nu mai simțea acele dureri ascuțite la fiecare mișcare, iar acum compensa pentru toate ceasurile în care nu a putut face altceva decât să stea nemișcat. Atlfel, era un bărbat destul de economic cu gesturile sale.

-Și am descoperit ceva interesant, spuse Victor pe o voce egală. Oamenii între optsprezece și patruzeci, hai să spunem, chiar patruzeci și cinci, înclină spre un alt gen de asigurare de viață, nu aceasta, își scutură el capul cu convingere.

Privi spre fiecare dintre ei și observă confuzia de pe chipul lui Mark, dar și curiozitatea de pe fața lui Axel. Numai Leah păstra o expresie neutră. Victor se decise să le explice mai pe larg ce voia să spună.

-Da, aceasta este o poliță garantată, dar în mare parte fie oamenii foarte în vârstă ori oamenii cu probleme medicale caută acest tip de acoperire. Vezi tu, polița aceasta vine cu prime mai ridicate, dar se continuă până la finalul vieții persoanei asigurate și nu se cer nici un fel de teste medicale… Hai, să-i luăm pe oamenii pe care i-am investigat eu înainte ca voi să vă începeți ancheta, i se adresă el lui Leah direct.

Leah nu părea să arate a fi foarte interesată de ceea ce spunea el, dar nici nu părea să fi fost plictisită. Aceasta îl încurajă să continue în dezvoltarea teoriei sale.

-Nu cred că vreunul dintre ei avea peste patruzeci și cinci de ani sau avea probleme medicale. Nici unul dintre ei nu putea fi inclus într-una dintre aceste două categorii. Deci, întrebarea care se pune este de ce ar fi ales această asigurare anume dacă ar fi avut alte opțiuni, opțiuni mai bune, vreau să spun, spuse el.

Victor își scutură capul și-și flutură mâna. Era clar că el decisese deja că avea răspunsul corect.

-Nu, nu cred că acei oameni au ales această poliță de asigurare ei înșiși. Nici măcar nu cred că erau conștienți că erau asigurați, Victor își mai scutură capul încă o dată.

Leah și Mark se uitau fix la el. Se părea că aveau nevoie de puțin mai multe explicații.

-Ar trebui să verificați cu unii dintre oamenii care sunt încă în viață și au o poliță de asigurare pe viața lor, indică el. O să vedeți că am dreptate, dădu el din cap din nou. Acestea ar trebui să fie două direcții de anchetă importante pentru investigație, cred eu. Mai întâi trebuie să aflați dacă știau că au o poliță de asigurare pe viața lor. Dacă nu știau, atunci ar trebui chestionați beneficiarii. Iar apoi, veți afla cum de au știut beneficiarii unde să meargă ca să cumpere o astfel de poliță și, mult mai important, fără ca persoana asigurată să fie prezentă. Cel puțin, vă vor oferi unele informații dacă vor vedea că sunt pe cale de a fi arestați pentru fraudă cu asigurări.

Acum, toți păreau confuzi. Victor admise că probabil nici unul dintre ei nu știa cum funcționa industria asigurărilor.

-Din câte am observat eu, le explică el, astfel de polițe nu sunt eliberate decât în prezența persoanei asigurate și numai cu semnătura acelei persoane pe contract. Desigur, atunci când veți descoperi cum au reușit acei oameni să cumpere asigurare pe capul altcuiva fără ca acel cineva să știe acest lucru, atunci veți afla cum de au știut ei cu cine să vorbească pentru ca persoana asigurată să fie ucisă. Absolut tot restul va fi floare la ureche, sublinie Victor.

Apoi, se lăsă mai pe spate, căutând o poziție mai comfortabilă pe sofa. Era pe calea vindecării, dar tot mai avea unele dureri când și când.

Câteva momente, Leah păru să se gândească la cele spuse de el, iar apoi aprobă dând din cap. Părerea lui avea merit.

-Ai dreptate aici, Victor. Cred că dacă ne concentrăm investigația pe oamenii care sunt încă în viață, putem probabil să ne încheiem investigația mai rapid și să îi arestăm și pe criminali și pe instigatorii la crimă, își exprimă ea acordul.

-Desigur, dacă vreun alt *'accident'* are loc, tot va trebui să-l investigăm, menționă Axel.

Nu suporta ideea ca cineva care a plănuit o crimă să scape nepedepsit și să mai și profite de pe urma crimei sale.

Victor aprobă spusele lui Axel, iar apoi alese o altă bucată de prăjitură.

Maria și Lucian ieșiră din casă din nou, de data aceasta având rachetele de badminton în mâini. Se apropiară de Victor cu pași ezitanți.

-Ne-am plictisit. Am jucat cărți și Monopoly, deși nu este deloc amuzant să jucăm doar în doi, Maria menționă. Vrem să ne jucăm badminton, dar mami a spus că ne trebuie aprobarea ta, explică ea.

Victor îi ciufuli părul și aprobă cu o mișcare a capului.

-Da, desigur că vă puteți juca badminton dacă vreți. Nu este necesar ca de fiecare dată să veniți la mine să mă întrebați. V-am dat rachetele de tot, așa că sunt ale voastre acum. Nu eu sunt cel care trebuie să aprobe sau nu ce vreți să faceți. Doar ce spune mama voastră contează. Dacă ea vă dă voie să jucați badminton sau să ieșiți în curte la joacă, evident că puteți. Permisiunea mea nu este necesară absolut deloc, le explică el pe îndelete pe un ton practic.

Ambii copii se uitară la el dintr-o parte, ca și cum nu l-ar fi crezut, iar el își încreți buzele.

-Acum ce mai este? întrebă el, iar de data aceasta nerăbdarea i se simți în voce.

-Nimic, spuse Maria repede. Ne vom juca acolo, îi arătă ea spre celălalt capăt al curții, iar apoi copiii fugiră într-acolo.

-Mor de curiozitate aici, spuse Axel după ce copiii nu-l mai puteau auzi. Se întâmplă ceva și trebuie să știu ce, aproape îl imploră el pe Victor.

-Vrei să spui că încă nu ai aflat? îl întrebă Victor pe un ton sec.

Axel îşi scutură capul viguros şi-i aruncă o privire lui Leah.

-Nu, am promis, vezi tu, îşi mişcă el sprâncenele, iar apoi îşi înclină capul spre Leah pentru a clarifica afirmaţia.

Mark îl privi dintr-o parte. Nu înţelegea la ce se referea omul, dar avu sentimentul că ar fi fost important să prindă sensul cuvintelor lui.

-Înţeleg, murmură Victor. Ei bine, pentru că ai fost atât de plin de consideraţie, îţi voi spune, deşi nu îmi face nici o plăcere. Ştii că nu m-am putut mişca cu uşurinţă în ultimele câteva zile. Aşa că am rugat-o pe Liliana să răspundă la telefon dacă nu eram eu prezent. Azi dimineaţă, în timp ce făceam duş, a sunat maică-mea, le explică el, uitându-se în zare.

Ceva clar îl făcea pe Victor să nu se simtă în largul lui, iar Axel se aplecă în faţă, punându-şi coatele pe genunchi. Îşi sprijini capul în palme, foarte atent la Victor.

-Azi am împlinit patruzeci de ani, mărturisi Victor, iar ceilalţi trei exclamară surprinşi.

-Pramatie ce eşti! Şi nu ai spus nimic, sări Axel în picioare.

În entuziasmul său, îl plesni pe Victor peste umăr destul de tare ca să-l facă să geamă. Ceilalţi doi se strâmbară când ecoul plesniturii le ajunse la urechi.

-Scuze, se strâmbă Axel. Nu am avut intenţia să te nenorocesc, râse el, oarecum mortificat din cauza lipsei lui de atenţie. Am vrut numai să te felicit, îi explică el lui Victor.

-Mulţumesc, presupun, replică Victor pe un ton sec, iar un zâmbet apăru pe buzele lui Leah. Oricum, azi dimineaţă maică-mea a sunat să mă felicite. A vorbit cu Liliana, desigur, şi i-a spus că este aniversarea mea de patruzeci de ani azi, se strâmbă el. Imediat, cuvintele mamei mele i-au pus în cap ideea că ar trebui să celebrăm. Ceea ce în traducerea ei înseamnă că trebuie să facă un tort şi să gătească un festin adevărat, îşi dădu el ochii peste cap. Desigur, i-am interzis s-o facă.

-De ce? îl întrebă Leah pe un ton blând, înlănţuindu-şi degetele.

-Pentru că nu am angajat-o pe post de menajeră în casa mea, de-aia, se răsti Victor la ea.

-Ah, înţeleg acum, spuse Axel. Ţi-e teamă că va crede că o vei lăsa să locuiască aici numai dacă se va ocupa de anumite lucruri, dădu el din cap.

-Mă tem că exact asta şi crede, replică Victor, dând din mână cu nerăbdare.

-De aceea nu te-a crezut fata când ai spus că nu eşti în poziţia de a aproba sau interzice ceva, concluzionă Mark.

-Probabil, mormăi Victor, simţindu-se copleşit de întrebările lor.

-Oricum, interveni Axel, intenţionând să direcţioneze discuţia înapoi la aniversarea lui Victor. Este aniversarea ta de patruzeci de ani, omule, trebuie să o sărbătoreşti.

-Poate că da, replică Victor gânditor. Mă gândeam să-i sui pe toţi în maşină şi să-i duc la Harbourfront. Aşa pe la cinci sau cinci şi jumătate... Să rezerv o masă la Irish Pub acolo, de exemplu... Să ne plimbăm apoi pe promenadă, spuse el cu ezitare, iar apoi se uită la Axel în căutare de alte idei. Nu au ieşit din casa asta de când au sosit şi ard de nerăbdare să vadă oraşul, mai spuse el întorcându-şi mâinile cu palmele în sus.

-Nu-i deloc o idee rea, Victor, prietene, îi aprobă Axel planurile. Dar ştii ce ar fi şi mai bine de atât? rânji el.

-Văd că nu mai poţi de nerăbdare să-mi spui, aşa că..., spuse Victor pe un ton sec şi-şi deschise braţele.

-Invită-ne pe noi toţi. Vom sărbători împreună. Suntem prieteni, până la urmă, îi aruncă Axel o privire plină de înţeles lui Victor. Şi dacă ai alţi prieteni...

-Nu pot spune că am, îşi scutură Victor capul. Am câţiva amici ici colea, dar nu sunt apropiat de cei din Toronto.

-Bine atunci, îi acceptă Axel răspunsul. Atunci invită-ne pe noi. Şi după ce terminăm de mâncat la Irish Pub şi am făcut plimbarea aia de care vorbeai, putem să mergem la mine acasă. Am un condo chiar acolo pe Harbourfront. Putem bea ceva, mai facem conversaţie, evident despre cu totul altceva, nu despre investigaţia asta, continuă Axel privindu-l întrebător pe Victor.

-De ce nu? acceptă Victor propunerea lui Axel. Hai, s-o facem. Sânteţi de acord să veniţi, da? privi Victor la ceilalţi doi.

Mark îşi întoarse capul şi pretinse că-i privea pe copiii care se jucau.

- Vorbeam şi cu tine, Mark, spuse Victor.

Uluit, Mark își îndreptă imediat privirea înapoi spre el.

-M-ai invita și pe mine, spuse el pe un ton sec, dar ochii îi ieșeau deja din orbite de uluire.

-Da, râse, Victor. Te invit și pe tine. Ești liber? Ne întâlnim acolo, la Pub, la cinci și jumătate.

O umbră de regret trecu peste chipul lui Mark și acesta își scutură capul.

-Am o întâlnire, mărturisi el.

-Interesant, fluieră Axel. Cine e persoana?

-Axel, îl admonestă Leah ușor.

-Ce e? Doar întrebam și eu, protestă el.

-Adu-o cu tine, îi replică Victor lui Mark pe același ton.

Mark aruncă o privire fugară spre Leah, și atât Victor cât și Axel șoptiră la unison:

-Oh, oh.

Leah mustăci și îl întrebă pe Mark pe un ton insistent:

-Cine este de ești atât de evaziv?

Mark înghiți cu greu și își coborî privirea, atitudinea lui amintindu-i lui Leah de un copil prins cu degetele în borcanul de dulceață.

CAPITOLUL 15 – ADEVĂRURI

ȘI DEZAMĂGIRI

Coborâră cu toții din mașină într-o liniște relativă. Atmosfera dintre adulți rămăsese destul de încordată din momentul în care Victor îi anunțase că vor ieși în seara aceea.

Imediat după ce au ieșit din mașină, Liliana a și prins mâna lui Lucian într-a ei. Era Maria mai extrovertită și mai îndrăzneață, dar fetița o asculta atunci când îi spunea să nu plece de lângă ea.

Liliana putea întotdeauna să conteze pe ea că-i va rămâne alături. Fiul său era cel care o îngrijora pentru că în mod sigur ar fi luat-o la picior și s-ar fi pierdut pe undeva.

Aparent, băiatul avea o problemă serioasă cu auzul. Din ce văzuse Liliana de-a lungul vieții ei, cea mai mare parte a băieților și bărbaților împărtășeau acea problemă.

Cu toate acestea, Victor i-a observat gestul și, imediat după ce a încuiat ușile de la mașină, și-a întins brațul și a prins el fetița de mână. Mâna ei se simțea ciudat în a lui. Degetele ei se curbaseră în jurul degetului lui cel mare şi gestul ei îl făcu să surâdă.

Apoi, Victor preluă conducerea şi îi conduse pe drumul spre restaurantul irlandez. Restaurantul era situat pe marginea lacului şi era foarte cunoscut atât pentru bucătăria excelentă şi copioasă, dar şi pentru vederea la lac.

După ce a reflectat serios, Victor a rezervat o masă pentru cinci şi jumătate seara pentru că dorea ca detectivii să aibă suficient timp să ajungă acasă şi să se schimbe.

Şi Mark îi acceptase invitaţia până la urmă. S-a agitat el un pic la început, dar s-a lăsat convins în cele din urmă. Nu a uitat însă să sublinieze faptul că trebuia să se ducă să-şi ia prietena mai înainte de a sosi la restaurant.

Victor nu a uitat însă că omul nu-i acceptase invitaţia graţios, iar acel gând îl măcina, deşi încerca să nu ia reticenţa lui Mark ca fiind un atac personal. Îşi dăduse seama că de fapt Mark păruse mult mai îngrijorat că Leah o va întâlni pe prietena lui.

Dar cu toate acestea, interesant era faptul că bărbatul nu cedase presiunii, ba chiar a refuzat clar să dezvăluie identitatea femeii cu care se vedea.

Victor observase schimbul de priviri dintre Leah şi Axel. Era clar că lui Axel i-ar fi făcut o mare plăcere să extragă informaţia din capul detectivului, dar locotenenta îi interzisese să-i citească mintea omului, iar Leah părea să fie foarte severă când îşi punea mintea.

Liliana îl privise şi ea ciudat pe Victor când acesta o informase despre rezervarea pe care o făcuse la restaurant. Victor s-a întrebat de câteva ori dacă nu ar fi fost mai înţelept să fi discutat cu ea înainte de a telefona pentru a face rezervarea. Probabil că ar fi trebuit să o invite la restaurant în loc să-i spună că vor ieşi în oraş, dar acum era deja mult prea târziu ca să mai schimbe ceva.

Oricum, întâmplarea a făcut că i-a spus despre planurile lui în faţa copiilor, iar ei imediat au trecut de partea lui. Practic, aceştia au urlat de plăcere pentru că, în sfârşit, aveau şi ei ocazia de a ieşi din casă.

Dată fiind situaţia, Liliana nu a mai avut de ales şi nu i-a putut refuza invitaţia, aşa cum ar fi dorit, dacă ar fi fost să se ia după expresia feţei ei. Dar privirea neagră pe care i-a aruncat-o lui Victor l-a lăsat pe acesta să înţeleagă fără urmă de îndoială ce părere avea despre maniera în care manevrase situaţia.

De fapt, Victor nu fusese mânat de nici un fel de motive ulterioare sau, cel puţin, nu era conştient să fi avut asemenea motive. Nici măcar pentru o clipă nu-i trecuse prin minte că dacă i-ar fi spus Lilianei de ieşirea la restaurant în faţa copiilor, aceasta nu l-ar fi putut refuza şi ar fi trebuit să accepte.

Dar deşi ştia că nu avusese intenţia să o pună în situaţia de a nu putea să-l refuze, tot îl necăjea ideea că nu s-a comportat tocmai corect faţă de ea. Cu toate acestea, nici nu putea spune că regreta ceea ce făcuse, pentru că, până la urmă, totul ieşise după cum îşi dorise el.

Şi de altfel, nu considera că i-ar fi folosit la ceva să-şi ceară scuze. *'La ce bun să-ţi mai ceri scuze după ce deja ai făcut ceva?'* Victor era un om foarte practic şi nu-şi risipea timpul cu ceva ce părea fără sens.

Pe drum spre restaurant, atât Liliana cât şi copiii îşi tot întorceau capetele în toate părţile şi se uitau peste tot. De data aceasta, ziua de naştere a lui Victor căzuse într-o sâmbătă, iar Harbourfront era înţesat de oamenii care voiau să profite pe deplin de temperaturile atipice de care se bucurase oraşul în acel an.

Temperatura coborâse cu câteva grade a doua zi după ce Liliana aterizase în Toronto, dar diferenţa era nesemnificativă. În mod obişnuit, temperatura era mult mai coborâtă în regiunea de unde proveneau ei. Chiar şi cei doi copii purtau numai tricouri peste blugi.

-Luci, uite acolo, strigă Maria, întorcându-şi capul spre fratele ei. Vapoare. Mami, putem merge cu vaporul, mai că sări ea în sus, iar Victor surâse.

-Nu ştiu, spuse Liliana ezitând. Va trebui să vedem. Nici nu ştiu dacă sunt pentru public sau...

-Sunt pentru public, o întrerupse Victor. Ne vom interesa, da? privi el în jos spre Maria. Acum mergem să luăm cina. După aceea, vom merge la chioşcurile acelea şi vedem cum stau lucrurile, îi promise el, iar copila îl recompensă cu un zâmbet uriaş.

Se strecurară cu oarece dificultate printre grupurile de oameni şi, în final, reuşiră să ajungă la restaurant. Câţiva oameni aşteptau în faţa tinerei care aşeza clienţii la mese şi Victor îşi făcu loc cu coatele până ce ajunse în faţa ei.

-Am o rezervare sub numele de Victor Dobrotă.

-Oh, desigur, tânăra îi zâmbi, arătându-i un șirag de dinți albi. Unii dintre prietenii dumneavoastră au sosit deja și vă așteaptă la masă, îl informă ea.

Luând două meniuri de pe masă, îi invită să o însoțească cu un gest larg.

-Ați spus că doriți o masă afară pe terasă, chiar lângă apă, spuse ea pe un ton ușor interogativ, iar Victor aprobă cu o mișcare a capului.

Continuând să zâmbească, femeia începu să se strecoare printre rândurile de mese până ce ajunseră la masa pe care o rezervase Victor. Acesta observă că, de fapt, două mese mari fuseseră unite pentru a-i acomoda pe toți.

Leah și Axel erau deja așezați la masă, iar Axel se ridică imediat ce Leah i-a șoptit că Victor era acolo. Au schimbat câteva cuvinte, iar apoi bărbații s-au așezat, după ce copiii și Liliana și-au ales scaunele.

Spre surpriza Lilianei, Maria anunțase că ea dorea să stea lângă Victor. Pentru ca să nu fie lăsat deoparte, Lucian alesese să se așeze între Maria și Axel. Simțindu-se foarte expusă, Liliana trebui să accepte scaunul de lângă Victor și îi evită privirea când el îi ținu scaunul să ia loc. Spera ca Victor să nu își dea seama ce gândea ea despre acel aranjament.

Abia luaseră loc că ospătărița și apăru la masa lor cu un carnet în mână.

-Ați vrea să comandați acum sau ați prefera să-i așteptați și pe ceilalți prieteni ai dumneavoastră? îi întrebă ea, privirea ei măturând scaunele rămase goale.

Victor se uită la fiecare și, cu excepția copiilor care păreau dornici să termine cina cât mai repede posibil, ca să poată merge după aceea la chioșcurile de unde se puteau cumpăra bilete pentru croazierele pe vapoare, toată lumea decise să aștepte ca Mark și prietena lui să ajungă acolo înainte să comande.

-Mai așteptăm câteva minute, o informă el pe chelneriță, iar apoi râse când geamătul Mariei îi ajunse la urechi.

După ce chelnerița a plecat, se întoarse spre fetiță și îi vorbi în engleză pentru a nu fi nepoliticos față de Leah și Axel.

-Nu te îngrijora. Vom avea destul timp la dispoziție să vorbim cu oamenii cu vapoarele, dacă mai sunt încă deschiși la această oră. Dacă nu sunt, ne întoarcem mâine, o asigură el, dar fetița se îmbufnă și-și încrucișă brațele peste piept.

-Am auzit cuvântul '*vapor*'? se interesă Axel.

-Da, vor să facă o croazieră, îi explică Victor. Vom verifica la chioșcurile de acolo, spuse el arătând cu bărbia în direcția chioșcurilor ce vindeau bilete pentru croaziere și care se aliniau de-a lungul țărmului. Probabil că ar trebui să o facem acum, cât îl mai așteptăm pe Mark, propuse el gânditor.

-Nu este nevoie, își scutură Axel capul, iar cuvintele lui le atrase imediat atenția copiilor. Leah și cu mine am decis să îți oferim această sticlă de whiskey cadou de ziua ta, spuse el și scoase o cutie cu o sticlă de whiskey dintr-o pungă pe care o pusese la piciorul mesei. Sticla aceasta vine împreună cu o croazieră pe yachtul meu mâine dimineaţă, spuse Axel mişcându-şi sprâncenele şi făcându-i pe adulţi să zâmbească.

La cuvintele lui, copiii au început să strige de bucurie pe voci foarte ridicate, iar chipul Lilianei se înroşi puternic. Faţa femeii ardea de ruşine pentru că oamenii de la celelalte mese se întorseseră spre ei şi îşi scuturau capul cu dezaprobare.

-Nu ar trebui să-ţi pese, îi şopti Victor la ureche mai întâi, iar apoi se întoarse spre copii. Foarte bine, spuse el, vom accepta cadoul lui Axel şi vom merge într-o croazieră pe lac mâine. Dar nu mai ovaţionăm acum, da? Se pare că mamei voastre nu îi place, le făcu el cu ochiul şi copiii râseră.

-Va trebui să vă îmbrăcaţi mai bine mâine, din păcate. Se pare că temperatura va mai scădea uşor în următoarele câteva zile, le explică Leah copiilor. Am fi aranjat croaziera pentru mai încolo, când se presupune că temperatura va creşte din nou, îi spuse ea Lilianei pe un ton apologetic, dar avem mult de lucru la cazul în curs şi chiar nu ştiu cum va fi vremea weekendul viitor.

-Şi ce dacă? îi replică Lucian, încreţindu-şi nasul. Nouă nu ne pasă dacă este frig, spuse el pe un ton hotărât.

-Cât de mult este până mâine? decise Maria să-l întrebe pe Victor, iar el îşi dădu ochii peste cap.

-Destul de mult. Ai timp să îţi mănânci cina şi să dormi bine la noapte, îi replică el pe un ton uscat.

-Tu nu vorbeşti cu noi cum vorbesc alţi oameni, observă fetiţa, încreţindu-şi nasul.

-Şi ce vrea să însemne asta? o întrebă el ursuz.

Victor ştia foarte bine că nu avea nici un fel de experienţă privind comportamentul faţă de copii, dar, până în acel moment, păstrase iluzia că nu s-a descurcat prea rău cu ei.

-Ca şi cum suntem prea mici şi nu pricepem nimic, replică ea, dând viguros din cap.

-Ah, deci de fapt nu te deranjează felul în care îţi vorbesc, pricepu Victor cum stăteau lucrurile.

Maria îşi scutură capul, iar apoi îl bătu pe mână încurajator.

-Nu, deloc. Vorbeşte-ne la fel în continuare, îi ordonă ea pe un ton serios.

Apoi fetiţa anunţă cu seninătate:

-Celălalt bărbat e aici.

-Mark? întrebă Leah şi-şi întoarse capul spre promenadă, când văzu încotro privea Maria.

Se aşteptase ca Mark să vină dinspre stradă şi tocmai de aceea alesese acel scaun. Vrusese să-l poată vedea imediat când ar fi sosit. Când îl descoperi în mulţime, la câţiva metri depărtare numai, ochii i se lărgiră de mirare şi icni.

-Oh, nu, nu a făcut asta, şopti ea, iar vocea ei arăta clar că nu-i venea să-şi creadă ochilor.

-Ce s-a întâmplat, iubita mea? întrebă Axel. Oh, acela este Mark împreună cu prietena lui, spuse el când dădu cu ochii de bărbat.

Mark se plimba alene pe promenadă, iar degetele sale îi erau înlănţuite cu degetele unei femei înalte şi mlădioase. Vântul zburlea părul des şi movaliu al femeii, iar ea râdea din cauza a ceva ce-i spunea Mark.

-O ştii? o întrebă Axel pe Leah, deşi ochii lui rămăseseră fixaţi pe cei doi.

Se părea că Mark și prietena lui nu se prea grăbeau să ajungă la restaurant. Nu-și grăbiră pașii deloc și păreau adânciți într-o conversație amuzantă.

-Știi cazul Klavdya, își întoarse Leah capul spre el interogativ.

Axel dădu din cap, cu un surâs pe buze.

-Ar fi dificil să-l uit, iubita mea, nu crezi? spuse el tărăgănat, iar apoi se întoarse spre ceilalți. Atunci ne-am întâlnit noi doi, în timp ce Leah ancheta acel caz, menționă el. Acum spune-mi tu, se adresă el lui Victor cu un ton poruncitor, ce bărbat ar uita așa ceva?

Victor se mulțumi să dea din umeri, nefiind prea dornic să-și împărtășească opinia. Nu fusese niciodată în poziția în care era Axel ca să știe despre ce vorbea acesta.

-În fine, interveni Leah în discuție, accentuând cuvintele, fiul Klavdyei lucrează pentru o companie de jocuri video sau cam așa ceva, spuse ea ridicând din umeri cu indiferență. Ei bine, femeia care îl însoțește pe Mark acum este recepționista care lucrează pentru aceeași companie, explică ea, înclinând capul în direcția cuplului. Am întâlnit-o când ne-am dus să-i punem întrebări lui Aleksey despre mama sa.

-Oh, înțeleg, murmură Liliana. Și regulamentul interzice ca ei să se împrietenească? întrebă ea.

-Sper că nu, izbucni Axel în râs. Altfel, noi doi am fi într-o încurcătură serioasă, spuse el, fluturându-și degetul între el și Leah.

-Oh, taci din gură, îl plesni ea peste braţ. Nu este vorba despre aşa ceva, se întoarse ea spre Liliana. Dar îmi aduc perfect aminte că femeia aceea nu părea dornică să-i acorde lui Mark nici măcar o secundă din timpul ei. L-a tratat de parcă... de parcă nici nu ar fi existat. Sunt doar surprinsă că el... hai, să spunem, că a vrăjit-o până la urmă, explică ea.

-Ah, acum înţeleg cum stă treaba, râse Victor. Poate că omul are talente ascunse, cine ştie? spuse el ridicând din umeri, ochii săi continuând să urmărească cuplul.

Privirea lui trecu peste cei doi bărbaţi din spatele lui Mark şi a prietenei sale. Ceva parcă îl forţa să-i privească.

Razele apusului roşiatic se reflectau pe scalpul strălucitor al unui dintre ei. Dar cei doi bărbaţi păreau adânciţi într-o discuţie şi Victor renunţă să-i mai privească.

Mark şi prietena lui dispărură din vedere, iar Victor, după ce mai trecu în revistă mulţimea de oameni încă o dată, doar ca să fie sigur, îşi întoarse atenţia la musafirii săi de la masă.

Câteva clipe mai târziu, cuplul a fost condus la masa lor, iar Mark, care devenise deja foarte stacojiu, le-o prezentă pe prietena lui Jen. Cei doi s-au aşezat la masă, în hohotele de râs ale lui Axel. Chipul stânjenit al lui Mark stârni râsul tuturor celor de la masă, ori cel puţin câteva zâmbete ironice.

Leah îi ceru lui Axel să se oprească din râs şi propuse ca fiecare să citească meniul pentru a da comanda. Chelneriţa îşi tot aţintea ochii pe ei de ceva vreme şi le tot arunca săgeţi.

-Unde e cadoul tău? îl întrebă Lucian pe Mark, iar omul îl privi cu ochii mari.

Liliana icni, iar mâna îi zbură la gât din cauza mortificării. Ochii ei îl străpunseră pe băieţel, dar el pretinse că nu observa absolut nimic.

Victor se aplecă peste capul Mariei şi-i şopti lui Lucian:

-Aici cadourile nu sunt obligatorii, puştiule, aşa că lasă bietul om să respire. Eu, unul, consider că prezenţa lui aici este cadoul lui pentru mine, se gândi el să adauge.

Lucian se uită chiorâş la Mark şi ridică din umeri. Cu siguranţă el nu-l va invita la aniversarea zilei lui de naştere.

Victor citi gândurile copilului în ochii săi, iar un surâs îi apăru pe buze. Băiatul era încă la vârsta când cadourile contau cel mai mult. Victor încă putea să-şi mai amintească de acei ani.

Abia îşi deschisese meniul să aleagă ce dorea să comande pentru cină, când simţi un frison la ceafă. Ochii i se îngustară şi-şi ridică privirea, aţintind-o spre malul lacului.

Se părea că se înmulţise numărul de oameni care ieşiseră să se plimbe pe malul lacului în acea seară. În ciuda mulţimii, lui Victor i se păru că a văzut creştetul lucitor al omului pe care îl remarcase în spatele lui Mark mai devreme, dar nu putea fi sigur. Sprâncenele i se încreţiră, iar gura i se strânse într-o linie dură.

-Este vreo problemă, prietene? şopti Axel peste capetele copiilor, pe o voce menită să nu provoace nici cea mai mică alarmă.

-Nu ştiu încă, replică Victor pe aceeşi voce calmă.

Capul dispăru complet şi el ridică din umeri. Nu ştia dacă exista vreo ameninţare, dar avea presentimentul că ceva era în neregulă şi se hotărî să fie mai atent de atunci încolo.

***

-N-a murit, şefule, doar îţi spun, bărbatul cu craniul strălucitor spuse în telefonul celular pe care îl avea la ureche. Mai mult ca sigur Smidgen a omorât pe altcineva, explică el.

-Omul acela trebuie să moară cu orice preţ. Poliţia poate obţine oricând un mandat de cercetare pe baza zvonurilor. Fără el, nu mai există nici un fel de bază pentru un astfel de mandat. Ultimul lucru de care avem nevoie acum este să vină poliţia să amuşine în jurul afacerii noastre, Tom, replică vocea dură de la celălalt capăt al liniei.

-Mă voi ocupa de asta în seara aceasta, şefule, promise bărbatul, iar apoi deconectă linia.

CAPITOLUL 16 – O TENTATIVĂ LA CRIMĂ ȘI O OMUCIDERE

Când s-au întors înapoi acasă, Liliana era extenuată. Cina de la Irish Pub se întinsese și fusese plină de haz, dar, de asemenea, s-au spus unele lucruri care i-au deschis ochii într-o manieră brutală.

Crezuse că va veni în Canada și-și va găsi de lucru curând. *'Doar mi-au cerut să am anumite studii și experiență.'* Acum, spre necazul ei, aflase că nici studiile și nici experiența ei nu contau.

Dacă numai Victor i-ar fi spus aceasta, atunci ar mai fi avut o fărâmă de speranță. Nu-l înțelegea nici pe el și nici acțiunile lui, dar avea sentimentul acut că bărbatul fusese împotriva sosirii ei în țară încă de la început.

Dar, cu toate acestea, și Jen susținuse opiniile lui Victor. Se părea că și ea imigrase cu câțiva ani în urmă și avea câteva povestiri de spus.

Jen arăta ca o adolescentă, iar Liliana a fost şocată să afle că fata avea deja douăzeci şi şapte de ani, fiind numai cu un an mai tânără decât ea. Numele ei era Jana, dar prietenii pe care şi-i făcuse în Toronto o strigau Jen, aşa că a început şi ea să se prezinte sub numele de Jen.

Jen provenea din Serbia. Şi ea crezuse că-şi va găsi aici o slujbă în domeniul ei când venise, dar nu a reuşit.

Începuse apoi să lucreze pentru compania de jocuri video, ca recepţionistă, şi studia să devină parajuristă, o profesie complet diferită faţă de cea pentru care se educase în ţara ei. Mai avea doar o sesiune înainte să termine cursurile şi să-şi obţină diploma.

Povestea lui Jen o deprimase pe Liliana. Acum înţelegea că va trebui să se întoarcă înapoi la şcoală dacă dorea să găsească de lucru în domeniul ei de pregătire sau dacă dorea să găsească o slujbă bună, cel puţin.

'Cum naiba o să merg la şcoală şi o să am grijă şi de copii în acelaşi timp, dacă nu am o slujbă?'

Era într-adevăr o dilemă. Era conştientă că nu avea suficienţi bani să se susţină pe ea şi pe copii pentru o perioadă îndelungată de timp.

La finalul cinei, chelneriţa venise şi-i oferise un şoc suplimentar când a întrebat dacă doreau note de plată separate, iar pentru un moment, Liliana uitase să respire. Privirea ei înspăimântată se îndreptase spre Victor. Chelneriţa o năucise atât de tare încât nu a mai fost în stare să-şi regăsească vocea pentru a-şi exprima îngrijorarea.

Luase cu ea ceva bani în seara aceea, dar se îndoia că suma aceea ar fi fost suficientă să acopere ceea ce copiii şi ea comandaseră. Se gândise numai să aibă ceva bani în geantă în caz că vreunul dintre copii ar fi văzut şi dorit ceva în timpul plimbării.

Gândul că cineva ar fi invitat-o la restaurant pentru ca apoi să-i ceară să-şi plătească partea la finalul cinei, nu-i trecuse nici măcar pentru o secundă prin minte. Astfel de lucruri nu se întâmplau niciodată acasă.

Din fericire, Victor i-a cerut chelneriţei să-i aducă lui nota de plată. A fost foarte clar că nu era nevoie de note de plată separate, iar că ceilalţi erau musafirii lui. Liliana a răsuflat de uşurare.

Mark l-a privit cu neîncredere câteva clipe, dar Leah şi Axel păreau să-l cunoască şi să-l înţeleagă pe Victor mai bine, aşa că nu au avut nici o reacţie la cuvintele lui.

Jen doar i-a zâmbit lui Victor şi i-a spus:

-Oh, şi când te gândeşti că era cât pe ce să-i refuz invitaţia lui Mark la cină. Nu ştiam că voi obţine o masă gratis din chestia asta, vezi tu. Iau salariul curând, dar până atunci trebuie să-mi supraveghez cheltuielile, menţionă ea.

-Nu ţi-aş fi cerut să plăteşti, se întoarse Mark spre ea cu ochi duri, ceea ce era în sine interesant de văzut, pentru că, de regulă, Mark lăsa impresia că nu era nimic altceva decât un ursuleţ de pluş.

Dar, cu toate acestea, uneori, Mark era pur şi simplu sătul de felul în care Jen îl desconsidera. De fapt, nu o invitase niciodată undeva pentru ca apoi să-i ceară să-şi plătească partea, aşa că nu înţelegea ce ar fi împins-o să spună aşa ceva.

Dacă nu ar fi fost atât de îndrăgostit de ea deja, şi-ar fi aruncat privirea în jur şi ar fi căutat nişte cuceriri mai uşoare. Jen era o adevărată bătaie de cap uneori. *'Să fiu sincer, mai tot timpul.'* Profesia lui cerea extrem de mult de la el, iar din cauza asta Mark ar fi preferat o relaţie care ar fi implicat numai un pic de tachinare şi ceva sex din când în când.

Gândurile îi erau scrise clar pe chipul lui. Axel şi Leah preferară să admire lacul, dar Liliana încă îşi mai amintea cum Jen îşi muşcase buza inferioară, ruşinată de cuvintele ei.

Da, luată per total, fusese o seară foarte interesantă, petrecută cu oameni captivanţi. După cină, s-au plimbat vreo oră, iar apoi au petrecut cam două ore în condoul lui Axel, unde copiii au şi adormit de fapt. Victor şi Axel au trebuit să-i care înapoi la maşină.

Liliana oftă profund, iar Victor îi aruncă o privire după ce opri maşina. Ochii i se perindară pe faţa ei şi îi observară cearcănele mari de sub ochi.

-Eşti obosită? întrebă el cu un surâs ciudat pe buze.

-Epuizată, replică ea pe o voce seacă.

El râse scurt, iar apoi o înghionti blând cu degetul mare sub bărbie.

-Ei bine, vei merge la culcare acum şi mâine dimineaţă te vei simţi mai bine.

Victor coborî din maşină şi deschise portiera din spate. Se aplecă înăuntru şi îl ridică pe Lucian în braţe.

-Îl iau eu pe băiat. Este mai greu decât Maria, spuse el îndreptându-se şi întorcându-se spre Liliana. Dacă eşti prea obosită, şi cred că eşti, poţi aştepta aici. Voi veni înapoi după aceea să iau fata, îi spuse el.

-Nu ţi-aş putea cere să faci atât de multe, începu ea să spună, dar el o întrerupse.

-Ba da, poţi. Aşteaptă aici şi o să mă întorc într-o clipă, îi replică el ursuz, iar apoi o porni spre uşa de la intrare cu paşi mari.

Îşi sprijini genunchiul de tocul uşii şi îl propti pe băiat pe coapsa sa. Apoi, scoase cheia din buzunar, descuie uşa şi intră în casă, grăbindu-se în sus pe scări.

Când ajunse în camera copiilor, aprinse lumina, apăsând cu cotul pe întrerupător. Lucian nici măcar nu se mişcă, iar Victor surâse.

După o privire rapidă în jur, aşeză băiatul pe patul pe care îl judecă ca fiind al lui. Îşi imagină că patul cu mai mulţi ursuleţi de pluş îi aparţinea Mariei.

Când se întoarse jos, Liliana se sprijinea de maşină, cu ochii închişi. Ceva similar tandreţei jucă înlăuntrul sufletului său, dar împinse sentimentul la o parte cu hotărâre, considerând că nu era cazul să înceapă să-şi piardă timpul cu asemenea lucruri fără sens.

Victor îşi puse mâna pe umărul Lilianei, iar ea deschise ochii imediat. Privirea ei grea, catifelată, îi fură respiraţia pentru o clipă şi Victor se strădui să-şi regăsească vocea.

Îi înmână cheile de la maşină Lilianei, iar apoi îi spuse:

-După ce o scot pe Maria din maşină, închide portiera şi apasă butonul acesta de aici, da?

Liliana dădu din cap, iar Victor se aplecă peste Maria şi o adună în braţe. *'Mda, am avut dreptate. Spre deosebire de fratele ei, este la fel de uşoară ca un fulg.'*

Cu o mişcare a capului îi indică Lilianei să închidă uşile, iar ea se grăbi să-i urmeze instrucţiunile. După aceea, femeia apăsă butonul pe care i-l arătase el. Auzind sunetul ce indica blocarea portierelor, Victor aprobă satisfăcut cu o mişcare a capului, iar apoi o invită pe Liliana să-l preceadă în casă.

În camera copiilor, o aşeză pe fetiţă pe patul ei şi apoi se îndreptă, aruncându-i o privire Lilianei, care se oprise în uşă.

-Cred că pot dormi o noapte şi fără să se dezbrace. Hai, numai să le scoatem pantofii, propuse el, iar în câteva secunde, îi şi scoase pantofii Mariei.

Între timp, Liliana îi scoase pantofii lui Lucian şi îl acoperi cu pătura. Îi sărută fruntea, apoi veni la Maria, îi îndepărtă părul de pe frunte, o sărută şi pe ea, iar apoi trase pătura peste umerii ei.

Amândoi părăsiră încăperea, Liliana stingând lumina când ieşi din cameră. Nu închise uşa complet, ci o lăsă întredeschisă.

Victor o privi câteva clipe, îşi trecu mâna prin păr ciufulindu-l, iar apoi spuse abrupt:

-Noapte bună.

Nu mai aşteptă să-i audă răspunsul, ci se grăbi spre propriul lui dormitor şi închise uşa fără zgomot în spatele lui. Îi era teamă să nu cumva să tempteze soarta.

Liliana doar îşi scutură capul privind cu confuzie în urma lui, iar apoi se îndreptă şi ea spre dormitorul ei ca să se culce.

*****

Degetele tremurătoare ale Lilianei atinseră clanţa uşii şi femeia era pe punctul de a intra în dormitorul lui Victor, când uşa se deschise brusc făcând-o să tresară. Avu timp numai să vadă pumnul lui Victor îndreptându-se spre faţa ei, şi imediat îşi deschise gura, gata să-şi exprime şocul printr-un urlet.

La jumătatea drumului spre ţintă, pumnul lui Victor se desfăcu şi palma lui mare îi acoperi Lilianei gura, asigurându-se că nu mai putea scoate nici un sunet. Mâna lui îi acoperea jumătate din faţă.

-Şşt, şopti el în urechea ei. Este în regulă. Am crezut că erai altcineva. Evident că nu am de gând să te lovesc. Ce faci aici? o întrebă el, în şoaptă, iar apoi îşi luă palma de pe faţa ei.

-Cred că am auzit pe careva intrând în casă prin uşile franţuzeşti, şopti şi ea la rândul ei.

Cu toate că nu o putea vedea bine în întuneric, Victor o simţea tremurând lângă trupul lui.

-Ai auzul bun, şopti el din nou. Uite, ia telefonul meu mobil, spuse el şi-i înmână telefonul pe care îl pusese în buzunarul pantalonilor când se dăduse jos din pat şi-şi trăsese pantalonii de trening pe el.

-Ia copiii şi ascundeţi-vă în dulapul de perete din al patrulea dormitor, acela de este gol. Sună la 911 şi spune-le să se grăbească. Dă-le adresa mea, strada Geraniums 24, M4P 2A5. Acum, du-te, îi ceru el poruncitor şi o împinse de lângă el, rămânând apoi pe loc pentru a-i asculta paşii tăcuţi îndreptându-se spre camera copiilor.

După aceea, Victor o porni în jos pe scări precaut, ciulindu-şi urechile ca să audă cel mai mic zgomot ce venea dinspre parter. Auzise culisarea uşilor franţuzeşti mai devreme pentru că se găseau chiar sub dormitorul lui şi el cunoştea foarte bine zgomotele ce se auzeau în mod normal în timpul nopţii. Acela nu era unul dintre sunetele cu care urechile lui se obişnuiseră.

Dar, cu toate acestea, Victor nu ştia câţi oameni intraseră în casă şi ce intenţii aveau, deşi se îndoia că veniseră să-i ureze de bine cu ocazia aniversării sale.

Ajunse la ultima treaptă de jos a scării fără să întâlnească pe nimeni. Era mulţumit că măcar trupul său îşi revenise aproape complet pentru că, în urmă cu două zile, nu ar fi fost deloc în stare să participe într-o confruntare fizică cu careva.

Se sprijini cu spatele de zid, rămânând nemişcat câteva momente. Un zgomot uşor se auzi dinspre biroul său, iar apoi nişte şoapte îi ajunseră la urechi.

Victor se apleacă în faţă şi îşi întoarse capul după colţ. Jaluzelele, care în mod normal acopereau uşile franţuzeşti, erau deschise. Luna îmbăia întregul living într-o lumină argintie.

Două umbre se îndreptară spre el dinspre birou şi se opriră doar la câţiva paşi depărtare de Victor, care încerca să respire fără să facă nici cel mai mic zgomot. Lumina lunii strălucii peste capul ras al bărbatului pe care îl văzuse pe Harbourfront mai devreme, iar ochii lui Victor căpătară un luciu dur şi neiertător.

Acum înţelese el că Mark fusese urmărit şi astfel cei doi dăduseră de el. Mai mult ca sigur că l-au considerat mort înainte de seara aceasta şi nu le-a păsat de locaţia lui până atunci.

-Urc eu mai întâi şi-l voi înjunghia pe individ, bărbatul cu scalpul lucios îi spuse celuilalt, care era un om înalt, subţire şi cu părul roşiatic. Tu mă urmezi şi o omori pe căţea, îi ordonă amicului său pe un ton aspru.

După aceea, îşi duse mâna la spate, în dreptul beteliei pantalonilor, şi scoase un pumnal de tip fluture pe care îl deschise cu o mişcare scurtă din încheietură.

Victor văzuse acel tip de lamă în trecut şi se încruntă pentru că ştia ce dezastru putea lăsa în urmă un astfel de cuţit. Apoi, ochii i se îngustară şi o determinare rece îi oţeli privirea.

Al doilea bărbat, cel cu părul ca morcovul, care se presupunea că trebuia să meargă şi să o ucidă pe Liliana, scoase un jungher cu lama zimţată. Grimasa de pe buzele lui era toată dovada de care Victor avea nevoie ca să înţeleagă că bărbatul nu simţea nici un fel de remuşcare la gândul că va ucide o femeie.

Amândoi bărbații începură să se strecoare spre scări, iar Victor își lipi corpul de perete. Primul bărbat apăru în raza lui vizuală.

'*Aha, deci primul va fi omul morcov,*' remarcă Victor și buzele i se contorsionară într-o grimasă urâtă.

Pumnul lui Victor îl lovi pe om drept în față, iar acesta căzu imediat la podea. Un zâmbet plin de satisfacție înflori pe buzele lui Victor când individul căzu la pământ ca bușteanul și rămase acolo, nemișcat.

Bila Strălucitoare, după cum Victor începuse să-l numească în gând pe celălalt, îl atacă imediat cu cuțitul, dar reuși numai să-i taie brațul superficial. Lama cuțitului pătrunsese printre straturile superioare ale mușchiului, dar nu i se înfipsese profund în braț.

Victor pară și-și propulsă genunchiul spre mijlocul bărbatului, mișcare pe care o urmă imediat cu un cot în falca omului, aruncându-l la pământ.

Deși căzuse la pământ, omul reuși să păstreze cuțitul în mână, iar acum se chinuia să se ridice în picioare. Cei doi erau potriviți ca înălțime și greutate, iar Victor suspectă că bărbatul era la fel de încăpățânat ca și el.

Victor se repezi la el, îi prinse încheietura și, cu o mișcare bruscă, îi răsuci mâna la un unghi nenatural. Încheietura bărbatului se rupse cu zgomot.

Cuțitul alunecă din încleștarea degetelor bărbatului, iar un geamăt agonizant îi zbură de pe buze. Mirosul neplăcut al transpirației lui îi atacă nările lui Victor, dar el nu reacţionă. Mai simţise acel miros înainte şi uneori chiar şi pe propriul corp.

Bărbatul se clătină în spate câţiva paşi, dar în ciuda chipului alb şi a buzelor strânse din cauza durerii, tot încercă să-l atace din nou. Se gândea să se repeadă la Victor şi să-l doboare cu o lovitură zdravănă în bijuteriile de familie.

Victor însă îi citi intenţia în ochi şi se dădu la o parte din calea lui. Nu-i dădu omului nici o clipă de răgaz ca să-şi revină din surpriză, şi-şi înfipse unul din pumnii lui mari drept în ochiul lui drept. De fapt Victor ţintise spre tâmpla omului, dar acesta refuzase să-i respecte intenţia şi făcuse un pas în lateral.

În ciuda mişcării lui evazive, pumnul lui Victor tot l-a trimis la pământ din nou. O secundă mai târziu, Victor s-a lăsat pe vine lângă el şi i-a plantat un cot în ficat cu toată puterea de care era capabil.

Aceasta a fost lovitura care a încheiat lupta. Bărbatul nu mai reuşi să tragă aer în piept şi începu să respire şuierător. Victor ştia din proprie experienţă că adversarul lui era anihilat şi nu mai prezenta nici un pericol pentru o vreme, aşa că s-a ridicat şi a inspirat profund.

Brusc, paşi discreţi răsunară aproape de el pe parchet, iar instinctul îl făcu să se întoarcă şi să confrunte noua ameninţare.

Bărbatul morcov, pe care îl pusese la podea mai devreme, încercă să înfigă lama scurtă a pumnalului său în pieptul lui Victor, dar acesta reuşi să fenteze lama.

Pieptul îi rămase neatins, dar pumnalul i se înfipse în brațul stâng, chiar în biceps. Victor deveni conștient că omul intenționa să tragă pumnalul în jos spre cot, dorind să-i secționeze artera, ceea ce l-ar fi ucis pe Victor și i-ar fi lăsat pe cei de la etaj în mâinile celor doi oameni.

'*Astăzi chiar nu-i o zi bună pentru tine să mori, Victore. Trebuie să găsești o soluție și să rămâi în picioare,*' reflectă el cu sarcasm.

Cu o privire fixă, aspră, își încleștă degetele peste mâna omului, care ținea strâns mânerul pumnalului, și i-o zdrobi cu toată puterea.

Victor gemu când lama se răsuci în bicepsul lui și îi zgândări rana. El se lupta să tragă lama afară din mușchi, iar adversarul lui se lupta să o tragă în jos spre cot.

Respirația oponentului său mirosea puternic a ceapă și un val de greață îl asaltă pe Victor. Mai mult decât atât, capul îi începuse să pulseze din cauza durerii. Victor își împinse genunchiul cu putere sub abdomenul bărbatului, sperând ca acesta să-și desfacă degetele de pe pumnal.

Bărbatul păși în spate cu un urlet de durere, dar luă și pumnalul cu el, smulgându-l din brațul lui Victor, astfel provocând un proces de aspirare, ceea ce făcu să-i țâșnească sângele din braț, sprayândul pe omul morcov pe față și pe haine.

La rândul lui, și Victor urlă, iar transpirația i se adună broboane pe frunte. Încercă să-și șteargă fruntea cu brațul drept și abia atunci observă că și brațul acela îi sângera.

Se părea că Bila Strălucitoare reușise să facă mult mai mult decât să-l atingă cu lama superficial, după cum crezuse Victor. Lama cuțitului tăiase prin mușchi, chiar dacă nu foarte profund. Adrenalina care-i vuia prin vene îl oprise pe Victor să simtă durerea mai devreme.

Victor nu credea că ar fi fost în stare să-și folosească brațul stâng prea mult, dar celălalt braț încă îl mai ajuta. Ținând un ochi pe omul subțire ca sârma, încercă să-și flexeze brațul drept. Era dureros și nu se mișca cu naturalețea obișnuită. Mai mult decât atât, nu părea să aibă prea multă forță în el, probabil pentru că deja pierduse prea mult sânge.

Omul morcov reuși să-și regăsească echilibrul, deși fața îi era contorsionată de durere. Își ajustă poziția degetelor pe plăseaua pumnalului și cu un strigăt se aruncă spre Victor, pregătit să îi înfigă cuțitul în gât.

Victor se gândi să-i rupă încheietura, așa cum procedase și cu prietenul lui, dar după ce s-au luptat câteva minute, timp în care cuțitul tot avansa spre gâtul său, ba chiar îl și ciupi de câteva ori, înțelese că nu mai era capabil să repete gestul. Nu mai avea destulă putere rămasă în brațul lui drept.

Cu un muget, își strânse și degetele de la mâna stângă pe încheietura omului. Sudoarea îi picura în ochi și o șuviță de păr îi căzuse peste ochiul stâng. Își simțea pielea rece și lipicioasă din cauza transpirației.

Strânse din dinți, iar apoi încercă să-și adune ultimele resurse de energie dinlăuntrul său. Cu un alt răget, împinse mâna cu cuțitul cu lamă zimțată departe de gâtul său și împunse lama în gâtul omului.

Ochii omului morcov se rotunjiră ca urmare a șocului. Un icnet zbură de pe buzele lui și el se clătină pe picioare. Când omul căzu la podea, degetele îi erau tot încleștate pe plăseaua cuțitului.

Bărbatul continuă să se holbeze la Victor, care respira cu greutate și care, la rândul său, nu-l slăbea din priviri pe omul căzut la pământ. Apoi omul alunecă pe o parte și icni încă o dată. Sângele îi țâșni din gură și îi gâlgâi în gât sufocându-l.

Omul era terminat. Victor cunoștea semnele, așa că se întoarse să-l privească pe celălalt. Lumina lunii lucea în picăturile de sânge de pe podea, dar cu toate acestea erau prea multe umbre în încăpere care îl împiedicau să vadă forma celuilalt. Victor apăsă întrerupătorul și tresări când ochii îi căzură pe Liliana, care se găsea pe scări.

Degetele de la mâna sa dreaptă erau încolăcite în jurul gâtului său cu spaimă și Liliana își apăsa cealaltă mână în jurul mijlocului, ca pentru a-și potoli stomacul. Ochii îi luceau cu lacrimi nevărsate, iar irișii îi străluceau în culoarea ciocolatei amărui.

CAPITOLUL 17 – ADMIRAȚIE

ȘI ARMISTIȚIU

-Ce cauți aici? o întrebă Victor pe un ton aspru, ochii săi fixându-se pe chipul ei după ce îi poposiseră pe părul ei despletit pentru câteva clipe.

Liliana fusese prea extenuată mai devreme când se dusese la culcare în seara aceea și nu se mai obosise să-și împletească părul. Acum, femeia arăta de parcă se rostogolise cu cineva în pat temeinic, și chiar dacă Victor era conștient de multitudinea de dureri care colcăia în trupul său – ar fi fost dificil să nu le simtă, bărbatul din el tot răspunse la înfățișarea ei.

-Am crezut că ți-am spus să rămâi sus, ascunsă în dulap alături de copii, mai menționă el pe un ton malițios.

-Am vrut să mă asigur, începu ea să spună, dar el o întrerupse.

-Ce? Ai crezut că ai fi fost în stare să te ocupi de situație mai bine decât aș fi putut eu?

Liliana își scutură capul, iar degetele pe care și le încolăcise la baza gâtului tremurară. Fusese martoră la ultima parte a bătăii, iar ceea ce văzuse o șocase profund.

Lumina lunii căzuse exact pe cei doi bărbați prinși în încleștare. Abia reușise să-și oprească strigătele din gâtlej ori de câte ori lama cuțitului pătrundea în pielea lui Victor.

Acum, femeia observă luminile sălbatice din ochii lui Victor. De asemenea, își dădu seama că mușchii bărbatului încă trepidau din cauza tensiunii. Înfățișarea lui nu o înspăimânta, dar o speria sângele care-i picura la podea din brațul stâng, pe care Victor îl ținea la oarecare distanță de corp.

-Atunci ce? Victor se răsti la ea, nesatisfăcut că Liliana nu-i răspunsese destul de rapid.

Își pierdea răbdarea din ce în ce mai mult din cauză că adrenalina începuse să se disipeze din corpul lui și durerea câștiga teren. Când remarcă teama din ochii ei, se simți dezgustat de comportamentul său, dar parcă ceva tot îl împingea să fie rău cu ea.

-Ai vrut să iei și tu parte la încăierare, asta e? se răsti el la ea pe un ton sec.

-Victor, taci din gură, nu mai rezistă ea și strigă până la urmă. Ești rănit rău de tot, idiotule. În loc să dai din meliță fără oprire, mai bine te-ai așeza undeva și m-ai lăsa să mă uit la rănile tale, spuse ea cu mânie, când observă că atât gâtul, cât și celălalt braț îi sângerau.

-Unde sunt copiii? o întrebă el de parcă Liliana nu ar fi spus nimic.

Liliana aruncă o privire plină de îngrijorare în sus pe scări, iar apoi mărturisi:

-I-am lăsat în dulap şi le-am spus să nu se mişte până nu vin eu să-i iau.

-Atunci du-te şi ia-i, iar apoi pune-i la culcare. Au avut destule aventuri pentru o singură noapte. Eu trebuie să-i leg mâinile individului ăsta, arătă el spre bărbatul de pe podea care continua să respire cu greutate. Nu ar trebui să fie capabil să facă nimic pentru cel puţin încă vreo două ore, dar cred că ar fi mai bine să fiu precaut.

Liliana îşi scutură capul, dar el nu-i mai dădu nici o atenţie şi se îndreptă spre dulapul din holul de la intrare să caute nişte sfoară sau ceva similar pentru a-l imobiliza pe atacatorul care se afla încă în viaţă. Nu reuşi să facă mai mult de doi paşi când sirena unei maşini de poliţie răsună destul de aproape. Victor îşi întoarse capul spre Liliana.

-Cel puţin ai chemat poliţia din câte văd.

Liliana aprobă clătinând din cap, iar apoi oftă cu exasperare.

-De asemenea am sunat-o pe Leah, menţionă ea. I-am găsit numărul de telefon în agenda telefonului tău, îi explică ea.

-Cel puţin atât, mormăi el, iar de data aceasta cuvintele lui o enervară de-a binelea.

-Ce naiba vrei să spui? Nu am greşit cu absolut nimic, spuse ea, aţintind un deget acuzator spre el.

Cu satisfacţie, Victor observă că în sfârşit lacrimile i-au dispărut din ochi, iar acum ochii îi scânteiau cu furie. Da, furia îi era direcţionată spre el, era adevărat, dar cel puţin nu mai arăta la fel de rănită şi înspăimântată ca înainte. Victor putea să-i suporte furia foarte bine, dar nu s-ar fi descurcat la fel de bine cu lacrimile ei.

Victor făcu un efort să surâdă şi i se adresă pe un ton mult mai blând:

-Du-te şi pune copiii în pat. Mă voi ocupa eu de poliţie.

Liliana se uită după el câteva secunde, iar apoi îşi scutură capul când observă că se mişca rigid şi că umerii îi erau încordaţi. Îl urmări cu privirea până dispăru în hol, apoi îşi scutură capul din nou deznădăjduită. După aceea, o luă la fugă în sus pe scări ca să-şi scoată copiii din dulap.

Victor deschise uşa de la intrare exact când maşinile de poliţie se opriră pe aleea lui. Îşi protejă ochii de lumina farurilor, iar apoi blestemă. Nu-şi imaginase că ar fi fost cu adevărat necesar ca poliţiştii să facă atât de mult efort ca să trezească întregul cartier. Era clar că oamenii se treziseră deja.

Maşina lui Axel se opri imediat în spatele celor trei maşini de poliţie, iar Leah deschise rapid portiera şi se grăbi să iasă din maşină.

-Sunteţi bine cu toţii? alergă ea pe scări în sus spre Victor, iar când ochii îi căzură pe înfăţişarea lui, aproape că gemu. Oh, Dumnezeule, ai fost rănit din nou.

Îşi scutură capul ca şi cum nu-şi putea crede ochilor, iar buzele i se strânseră de mâhnire.

Axel veni imediat în spatele ei, iar ochii lui ardeau cu furie mocnită. El doar îl salută pe Victor cu o mişcare scurtă din cap, iar apoi îl privi din creştetul capului şi până la picioare.

-Spune-mi numai că celălalt arată mai rău decât tine, spuse el pe un ton scăzut, deşi lumina din ochi îi juca cu sălbăticie.

Victor aprobă înclinându-şi capul brusc, iar apoi îi invită înăuntru cu un gest abrupt.

-Unul este mort, dar celălalt încă trăieşte, le spuse el, iar amândoi se uitară la el de parcă îşi pierduse minţile.

-Vrei să spui că te-ai luptat cu doi indivizi înarmaţi cu cuţite, observă Leah, incertitudinea răsunându-i în voce.

Leah privi cu înţeles la rănile localizate pe gâtul şi bicepşii lui. Dată fiind natura rănilor, Leah ghicise că fuseseră implicate cuţite în bătaia la care a participat Victor, dar era convinsă că nu a înţeles corect ce-i spusese. Nu credea că era posibil să se fi luptat cu doi bărbaţi înarmaţi, mai ales după ultima sa aventură cu moartea.

-Da, replică el, iar apoi le făcu din nou semn să intre în casă. Sunt amândoi în living. Puteţi să-i vedeţi voi înşivă.

Leah se uită fix la el încă câteva momente, după care se întoarse spre colegii săi.

-Avem un suspect mort şi încă unul care se găseşte încă în viaţă, dar este rănit. Desigur, şi domnul Dobrotă este rănit, după cum puteţi vedea. Aţi chemat paramedicii? se interesă ea, fără a se adresa cuiva în mod deosebit.

-Da, răspunse unul dintre ofiţeri. Ambulanţa trebuie să sosească în câteva momente, menţionă el. Cred că-i aud, îşi aplecă el capul într-o parte, ascultând intens la zgomotele nopţii.

-În regulă atunci. Cheamă şi medicul legist şi opriţi sirenele şi luminile. Nu e ca şi cum vecinii ar fi semnat pentru aşa ceva, le ordonă ea, apoi intră cu paşi apăsaţi în casă, urmată de Victor, Axel şi alţi trei ofiţeri.

-Cum de te-au găsit? se minună Axel.

-L-am văzut pe unul dintre ei pe Harbourfront mai devreme, deşi nu am ştiut cine era atunci, explică Victor. L-au urmărit pe Mark şi probabil m-au văzut acolo. Ar fi trebuit să fiu mai grijuliu şi să-mi verific spatele când am condus spre casă, mormăi el. O greşeală de amator, se apostrofă singur.

-Nu aveai de unde să ştii, îl bătu Leah consolator pe braţ, iar când el tresări, se scuză. Nu ştiu dacă există vreun loc unde ar putea cineva pune un deget pe tine fără să-ţi provoace durere, comentă ea, iar privirea îi trecu peste sângele care îi acoperea aproape tot bustul şi care îi picurase şi pe picioare.

-Nu este tot al meu, mormăi Victor şi îşi flutură mâna între cei doi oameni de pe podea. Cel de acolo este mort. Nu am avut de ales, spuse el pe un ton domol.

Axel veni lângă el şi-l atinse pe umărul care nu părea rănit. Victor se întoarse spre el întrebător, iar Axel îi şopti:

-Ştie, nu-ţi fă griji.

-Nu-mi fac griji, se răsti Victor la el. A trebuit să mă protejez indiferent de rezultat. Deja aveau planuri să o ucidă pe Liliana. I-am auzit când au ieşit din birou, le arătă el încăperea pe care cei doi asasini o cercetaseră înainte să vină după el. Dacă aş fi murit, ea nu ar fi supravieţuit. Mai mult decât atât, nu puteam fi sigur că nu-i vor omorî pe copii după aceea, explică el cu mânie în voce, iar chipul îi deveni stacojiu din cauza furiei care-i alerga prin vene.

-Dacă a fost auto-apărare, iar mie îmi cam sună a auto-apărare, atunci nu trebuie să te îngrijorezi defel, veni vocea unui bărbat din spatele lui, şi atât Victor cât şi Axel se întoarseră spre el.

-Oh, Mike, salut, îl întâmpină Axel cu amuzament. Ai fost retrogradat la schimbul de noapte? întrebă el pe un ton maliţios.

-Arnett, replică Mike, iar Victor ghici din vocea lui că detectivul îl ura pe Axel. Văd că eşti tot lipit de fusta locotenentei, remarcă el.

-Şi ar fi bine să nu uiţi chestia asta, îi replică Axel în maniera lui uzuală, lejeră, în ciuda faptului că ochii lui îl sfredeleau pe celălalt bărbat.

Mike aprobă dând din cap, nesimţindu-se în largul său sub ochii lui Axel. Se îndreptă spre unul dintre ofiţerii în uniformă şi-i şopti câteva ordine, iar apoi, i se alătură lui Leah.

-Am chemat echipa criminalistică, îi spuse el.

-Asta este bine, îi răspunse ea, dar continuă să analizeze scena.

Ochii lui Mike analizară livingul şi îşi scutură capul observând:

-E ceva de capul lui Dobrotă ăsta. Imaginează-ţi, să fi atacat de doi bărbaţi cu cuţite şi să mai şi supravieţuieşti ca să povesteşti ce s-a întâmplat.

Leah înregistră admiraţia deschisă din vocea lui, iar un surâs îi apăru pe buze. Acesta era genul de lucruri care îl impresionau pe Mike. De data aceasta, şi ea era impresionată, de altfel. Puţini oameni ar fi supravieţuit dacă ar fi fost implicaţi într-o astfel de confruntare mortală.

-Aş vrea să vorbesc cu individul acela, arătă ea spre bărbatul de pe podea care încă încerca să-şi regăsească respiraţia. Dar nu pare să fie capabil să respire, spuse ea cu exasperare.

-Probabil că a primit o lovitură serioasă la ficat, presupuse Mike. S-ar putea să mai ai ceva de aşteptat înainte de a vorbi cu el. Va trebui să treacă ceva mai mult timp înainte de a fi capabil să spună ceva, ridică el din umeri.

-Cred că aş prefera ca tu să fi cel care îi pune întrebări lui Dobrotă, privi ea spre Mike. Nu vreau ca cineva să creadă că l-am favorizat cumva.

-Nu este nici o problemă pentru mine, Mike acceptă înclinându-şi capul. Dar să ştii că nimeni nu ar spune că l-ai favorizat cumva. Este clar că omul nu a făcut altceva decât să se apere. Nu ar putea nimeni construi un caz împotriva lui.

-Asta cred şi eu, evident, dar..., spuse ea ridicând din umeri.

-Am înţeles. Nu-ţi fă griji, mă ocup eu, afirmă el, aplecându-şi capul aprobativ spre ea din nou şi întorcându-se la Dobrotă mai apoi.

'Am uitat că şi Arnett este aici,' se strâmbă el când îl văzu pe acesta vorbind cu Dobrotă lângă o fereastră.

Cu toate că-i displăcea Axel profund, Mike se apropie de cei doi bărbaţi, iar când Axel îl privi interogativ, îşi ridică mâinile şi spuse:

-Locotenentul mi-a cerut să pun câteva întrebări. Preferă ca eu să discut cu domnul Dobrotă.

-Da, are dreptate, aprobă Axel, iar apoi se întoarse spre Victor. Probabil că ar trebui ca un medic să arunce o privire la tăieturile alea de pe tine, remarcă el.

-Mă voi ocupa eu de ele, vocea Lilianei veni din spatele lui, iar tonul ei spunea clar că nu va permite nici un fel de opoziție.

-Dar el vorbea de un profesionist, îi explică Mike.

-Sunt de profesie, spuse ea printre dinți, iar buzele lui Victor tresăriră din cauza efortului pe care îl făcea să își ascundă surâsul.

-Este, ca să știi, interveni el pentru a-l salva pe detectiv, pentru că Liliana părea gata să se ia la harță cu el.

CAPITOLUL 18 – CÂND CINEVA ÎȘI PREȚUIEȘTE PIELEA

Un ciocănit la ușa dormitorului îl trezi pe Victor și acesta gemu când se mișcă. Mișcarea îi trezise la viață și multitudinea de dureri cu care trupul său a trebuit să se mulțumească de când se dusese la culcare în noaptea precedentă. Se simțea de parcă cineva i-ar fi picurat lavă topită pese tot pe suprafața pielii.

-Da, urlă el, mai mult ca să acopere gemetele care i se adunaseră în gâtlej.

Ușa se deschise, iar Liliana intră în cameră. Felul în care aceasta arăta îi amintea lui Victor de prima dimineață pe care femeia o petrecuse în casa lui. Cu toate acestea, el observă și o diferență notabilă. De data aceasta, Liliana nu rămăsese în spatele ușii.

Liliana se îndreptă alene spre patul lui. Se aplecă deasupra lui, iar mâna sa răcoroasă se odihni pe fruntea lui Victor câteva secunde. Dădu din cap satisfăcută, iar apoi se întinse să-i prindă încheietura mâinii. Îi verifică pulsul şi înclină din cap aprobativ din nou.

-În ciuda a tot ce s-a întâmplat, eşti în regulă, spuse ea, iar un amuzament uşor îi îndepărtă îngrijorarea de pe faţă.

-De-asta m-ai trezit la ora asta nefirească? Să-mi spui că sunt bine? o întrebă el, pretinzând că era supărat, deşi de fapt îi făcuse plăcere să-i simtă grija pentru el.

Ea oftă, îşi scutură capul, iar apoi îi replică:

-De ce oare m-am aşteptat să ai o atitudine diferită în dimineaţa aceasta?

Victor se încruntă la ea, iar ea îşi lăsă palma pe pieptul lui, pentru a-i calma supărarea. Se îndreptă apoi şi îşi împinse coada împletită peste umăr. Ochii lui Victor îi supravegheau cu atenţie fiecare mişcare.

-În primul rând nu este o oră aşa de nefirească pentru a te trezi. Este deja aproape de amiază, îi explică ea pe un ton monoton, iar privirea i se fixă pe ochii lui.

Când în sfârşit înregistră cuvintele ei, Victor se încruntă şi se întinse după telefonul mobil pe care îl lăsase pe noptieră. Nu-şi putu opri un geamăt, dar ridică mâna imediat când Liliana vru să-l ajute. Smulse telefonul de pe noptieră şi verifică cât era ora. Când văzu cât de târziu era, se încruntă şi înjură.

-De ce nu m-ai trezit înainte de ora asta? strigă el la ea şi împinse cearceaful la o parte cu nerăbdare.

Abia când ochii Lilianei se rotunjiră şocaţi, îşi aminti Victor că el mereu dormea gol puşcă. Rapid, se acoperi cu cearceaful din nou.

-Scuze, mormăi el. Pur şi simplu, am uitat, îi explică el.

-Nu e nici o problemă, îi îndepărtă Liliana îngrijorarea cu un gest. Oricum, dacă nu ai nevoie de ajutorul meu, spuse ea, oprindu-se pentru a se uita la chipul lui, tocmai la timp pentru a-l vedea scuturându-şi capul, atunci mă duc înapoi la parter. Detectivii şi Axel sunt aici, continuă ea. De asta am venit să te trezesc, îşi continuă ea explicaţia în timp ce se îndrepta spre uşă.

-Dar de ce nu m-ai trezit mai devreme? întrebă Victor, supărat pe el însuşi pentru că dormise întreaga dimineaţă.

-Aveai nevoie de cât mai mult somn, spuse ea blând, întorcând capul spre el.

-Şi tu ai mers la culcare la aceeaşi oră ca şi mine, sublinie el cu încăpăţânare.

-Da, este adevărat, aprobă Liliana dând din cap, dar eu nu am trecut prin ce-ai trecut tu mai înainte de a merge la culcare, afirmă ea, iar de data aceasta nu-i mai dădu timp să-i răspundă, ci ieşi cu paşi fermi din cameră şi închise uşa în spatele ei cu grijă.

Victor mormăi câteva vorbe de dulce pe sub barbă, iar apoi coborî din pat, fiecare mişcare făcându-l să geamă şi să înjure. Expresiile sale erau atât de colorate că erau demne de a face parte din repertoriul unui marinar beat.

Se decise să facă un duş fierbinte înainte de a coborî la vizitatorii săi, în speranţa că şi-ar mai liniști astfel mușchii maltratați. Așa că, strângând din dinți, se târî spre baie. Aruncă o privire în oglindă, iar aceasta îl asigură că mai era încă viu, chiar dacă arăta la fel de bine ca moartea încarnată.

***

Cu pași măsurați, consecință clară a activităților sale din noaptea precedentă, Victor se îndreptă spre terasă, unde detectivii se adunaseră.

Curtea lui era orientată spre sud și părea mereu mai cald acolo decât în celelalte părți ale casei, așa că nu era de mirare că musafirii lui au ales să rămână afară. Marea parte a canadienilor pe care-i cunoștea încercau să profite de soare cât mai mult posibil.

Știa că detectivii se adunaseră pe terasă pentru că le auzise vocile prin fereastra deschisă în timp ce se îmbrăca – o altă activitate care-i luase o eternitate.

Oamenii așteptaseră deja o vreme. Victor avusese nevoie de aproape o jumătate de oră pentru a-și termina dușul și pentru a trage niște pantaloni și un tricou pe el.

'Dacă nu doreau să aștepte după mine, ar fi trebuit să sune înainte de a veni,' se gândi el cu indiferență și ieși pe terasă.

Ochii lui Axel se îndreptară spre el imediat și acesta se ridică să-l întâmpine.

-Hei, amice, este totul în regulă? îl întrebă el și-l plesni peste umăr.

Victor nu-și putu opri un geamăt profund, iar picături de sudoare îi apărură pe frunte. Își strânse mâinile în pumni, iar ochii săi albaştri se închiseră şi mai mult la culoare. Dacă nu ar fi fost atât de doborât fizic, probabil că i-ar fi răspuns lui Axel cu aceeaşi monedă.

-Oh, am uitat din nou, se scuză Axel, iar o uşoară roşeaţă îi pudră obrajii.

Se grăbi să-i ia braţul lui Victor pentru ca să-l conducă spre sofa, unde s-ar fi simţit mai comfortabil, dar Victor se încruntă la el şi îşi trase braţul din strânsoarea lui. Cu toate acestea, acceptă locul pe sofa şi se aşeză cu un icnet înnăbuşit.

'Încă o aventură ca cea de azi noapte şi m-am dus definitiv pe copcă,' observă Victor foarte pragmatic. La o adică, corpul uman nu putea suporta să fie torturat la infinit. Avea şi el o limită.

-Cum te simţi? îl întrebă Leah, iar îngrijorarea i se citea în ochi.

'Chiar e nevoie să mă mai întrebi?' se gândi Victor cu sarcasm.

Nu era ca şi cum nu i-ar fi putut vedea cearcănele de sub ochi sau paloarea pielii.

-Cred că ar fi mai bine să nu te întreb, remarcă Leah, interpretând cu acurateţe privirea întunecată a lui Victor.

Victor ridică din umeri, iar apoi şuieră printre dinţi când o durere ascuţită îi reaminti de rana de la bicepşi. Din fericire, tăieturile de pe gât erau superficiale. Altfel nu ar fi fost capabil nici să-şi mişte capul mai devreme.

Victor auzi râsul Mariei venind din cealaltă parte a curţii. Îşi întoarse privirea spre ea, exact la timp să vadă cum îl ironiza pe fratele ei pentru că nu reuşise să prindă mingea.

Victor zâmbi satisfăcut că cel puțin copiii nu sufereau din cauza celor întâmplate în noaptea precedentă. Păreau că și-au revenit chiar foarte bine după șocul pe care l-au avut când au fost treziți și luați din paturile lor în mijlocul nopții pentru a fi ascunși într-un dulap.

Victor își întoarse privirea la 'musafirii' săi. Numărul detectivilor crescuse. Mike i se alăturase lui Leah și Mark, iar acum îl privea pe Victor cu admirație.

Victor se strâmbă mental. Întotdeauna îi displăcuse admirația oarbă, iar el nu găsea că ar fi existat un motiv special pentru care să fie adulat în acel moment.

-Deci, care e verdictul? întrebă el cu indiferență, păstrându-și vocea plată, fără nici un fel de inflexiune.

Era adevărat că era destul de interesat de rezultatul anchetei privind implicarea sa în evenimentele din seara precedentă, dar nu când corpul lui ar fi avut nevoie să doarmă puțin mai mult. Oricum, nu ar fi avut mijloacele de a evita ce urma să vină, așa că nu vedea de ce s-ar fi grăbit să-și afle soarta.

-Nu ai de ce să te temi, se grăbi Mike să-i spună. Mi-am prezentat raportul Procurorului Coroanei și acesta a fost de acord cu mine și a decis imediat că este vorba de un caz clar. Erai în auto-apărare și nu ai folosit nici forță necorespunzătoare, nici forță excesivă , date fiind circumstanțele.

Victor dădu din cap că a înțeles. Știa că nu întotdeauna cineva care se găsea în situația lui era destul de norocos să nu fie interogat un timp îndelungat şi să nu fie şi târât la tribunal după aceea.

-Sunt sigur că trebuie să-ţi mulţumesc ţie pentru aceasta, îi spuse el lui Mike, care-şi scutură capul.

-Nu, nu este nevoie să-mi mulţumeşti. Eu nu am făcut decât să pun câteva întrebări şi să analizez scena. Totul demonstra că nu ai făcut nimic greşit. Nici măcar nu îţi aparţinea arma folosită pentru a-l ucide pe individul acela. Mai mult decât atât, sângele tău se găsea pe atacator şi fusese acoperit cu sângele lui după aceea. Chestia aceasta a demonstrat clar cum s-au petrecut lucrurile. Tu ai fost primul rănit, ba chiar destul de rău considerând cantitatea din sângele tău găsită pe tipul mort. Este la mintea cocoşului că trebuia să răspunzi cu forţă letală, sublinie Mike. Aş fi făcut acelaşi lucru dacă aş fi fost în locul tău, lovi el cu pumnul în masă.

Victor dădu din cap în semn că a înţeles. Cuvintele lui Mike îi mai îndepărtară o parte din tensiunea resimţită. Deşi nu ar fi recunoscut, ce se întâmplase în timpul nopţii şi consecinţele acţiunilor sale îi apăsaseră pe umeri. Ştia că în cea mai mare parte a cazurilor de acest fel, când cineva se găsea într-o astfel de situaţie, era imediat acuzat de ceva, în special dacă a folosit o armă aflată în posesia sa. Nu era cazul în situaţia lui, dar ştia foarte bine că orice circumstanţă putea fi interpretată.

-Cu toate acestea, îți mulțumesc, repetă el. Ați reușit să obțineți informații de la Bila Strălucitoare? o întrebă el pe Leah.

-Bila Strălucitoare? se interesă Axel cu sarcasm. Mda, i se potrivește, observă el. E un nume chiar potrivit pentru acel individ.

Leah își scutură capul la el, iar apoi îi răspunse lui Victor:

-Imaginează-ți că omul ciripește de când și-a revenit, admise ea. Dar știu că l-ai lovit bine, își înclină ea capul spre el.

-Mai bine că l-am scos din circulație pe moment decât să-l fi ucis, mormăi Victor.

-Sper că nu ai nici un fel de remușcări serioase în ceea ce privește individul care a murit, interveni Axel pe un ton serios.

-Nu-mi permit să am, replică Victor pe un ton sec. M-ar fi ucis și pe mine și pe ei, arătă el cu bărbia spre copiii jucându-se în cealaltă parte a curții. Nu, nu pot avea nici un fel de remușcări. Sunt numai ușurat că totul s-a încheiat. Este adevărat că aș fi preferat să nu-l fi ucis, ci doar să-l incapacitez și pe el, spuse el deschizându-și brațele. Dar nu cred că mai are vreun sens să ma gândesc la ce ar fi fost dacă totul s-ar fi desfășurat altfel, răspunse el pe un ton uscat, iar apoi se întoarse din nou spre Leah. Deci, ce a avut de spus?

-Oh, ne-a dat destul, i-a spus ea. Desigur, după ce a vizitat spitalul. Au trebuit să-i pună încheietura mâinii în ghips. I-ai rupt-o, ca să știi, menționă ea.

-Destul pentru ce? insistă Victor privind-o fix.

Ştia doar că-i rupsese individului blestemata aia de încheietură. Acela şi fusese scopul său. Evident că nu-i păsa de ce au trebuit doctorii să-i facă omului la spital.

Mai mult, nu credea că detectivii veniseră numai cu intenţia de a-i face o vizită de curtoazie. Se îndoia că nu doreau să-i spună nimic. Nu ar fi avut nici un sens ca Mark şi Mike să li se alăture lui Leah şi Axel pentru o astfel de vizită.

-Am emis două mandate de căutare azi dimineaţă, îl informă Leah. Unul pentru broker, iar celălalt pentru afaceristul care împrumuta banii. Oamenii noştri caută prin documente acum. Cum Bilă Strălucitoare, cum îţi place să-l numeşti, ne-a oferit şi informaţii privind unele dintre 'accidente', azi dimineaţă, i-am arestat pe amândoi, şi pe 'afacerist' şi pe broker.

-Cel puţin, 'accidentele' se vor încheia acum, remarcă Victor, iar Axel aprobă cu o înclinare a capului.

-Bila Strălucitoare va depune mărturie că Smidgen a plănuit şi l-a ucis pe Gunther şi, bineînţeles, că a încercat să te ucidă şi pe tine, se gândi Mark să adauge. Azi noapte, ordinul de a te ucide a venit de la celălalt, Donald Stanton. Ăsta-i numele afaceristului, explică el.

-Sper că vă este foame, vocea joasă a Lilianei veni din spatele lui. Este aproape ora unu, menţionă ea.

Victor se întoarse rapid, iar durerea îi inundă tot trupul. Îşi flexă pumnii pentru a nu geme audibil, iar ochii săi aspri se opriră pe chipul Lilianei.

-Eşti ceva de necrezut, mormăi el cu uluire. După absolut tot ce s-a întâmplat în timpul nopţii trecute, tu tot ai mai găsit puterea să găteşti, îşi scutură el capul, ca şi cum nu i-ar fi venit să creadă.

-Copiilor nu le pasă de ce s-a întâmplat în noaptea trecută. Ei tot cer să mănânce, indiferent de ce se întâmplă, îi răspunse ea sarcastic. Şi tu ai nevoie de mâncare, de altfel, aşa că ţine-ţi gura şi pregăteşte-te să mănânci, spuse ea, punând o supieră cu ciorbă pe masă.

Apoi se întoarse şi se îndreptă alene spre casă pentru a aduce boluri, linguri şi pâine. Leah şi Axel imediat se ridicară şi o urmară cu intenţia de a o ajuta.

-Cred că şi noi ar trebui să mergem, îi şopti Mark lui Mike, care dădu din cap afirmativ şi se pregăti să se ridice.

-Nu este necesar, îi opri Victor. Ţinând cont că sunt deja trei, ar trebui să termine cu toate cele în câteva momente. Doar relaxaţi-vă între timp, îi invită el, iar apoi se decise să facă şi el exact acelaşi lucru.

***

-Deci aveţi motiv de arestare atât pentru Smidgen cât şi pentru Stanton, observă Victor, servindu-se cu încă o chiflă din coşul de pâine pe care Axel îl pusese pe masă.

Deja terminaseră ciorba şi începuseră felul doi, care era alcătuit din chiftele, cartofi piure şi salată. Pruncii îşi terminaseră deja prânzul, dar tot veniră să mai ia câte o chiftea şi o chiflă fiecare, ceea ce i-a amuzat pe toţi.

De data aceasta, Leah o convinsese pe Liliana să ia loc la masă şi să ia prânzul cu ei. Liliana deja ştia destul despre cazul lor şi nu se dovedise a fi genul care să leşine la orice, mai ales când se ocupase de rănile lui Victor.

-Mai mult decât destul, replică Mike, iar apoi mai luă nişte piure. Cum de-l faci aşa de cremos? întrebă el. Cartofii nevestei mele sunt plini de cocoloaşe, se plânse el.

Victor mai că mârăi. Detectivii deveniseră din nou mult prea interesaţi de mâncarea de pe masă şi uitaseră de scopul vizitei lor.

-Îi amestec cu lapte şi unt, îi explică Liliana. Cred că laptele e ingredientul secret, admise ea.

Victor îşi dădu ochii peste cap. Avea sentimentul că s-ar fi aflat la o nenorocită de agapă cu scopul de a face schimb de reţete. Când Axel izbucni în râs, se uită urât la el, dar Axel îşi ridică mâinile.

-Hai, nu fi aşa de pornit că este chiar foarte amuzant, îi spuse el lui Victor, iar replica să îl făcu pe Mike să roşească.

Liliana doar îşi scutură capul şi continuă să mănânce. De când începuse prânzul, încercase să evite să se uite la Victor pentru că nu dorea să-i vadă dezaprobarea, dacă într-adevăr bărbatul nu era de acord cu ce pusese pe masă.

-Ai putea explica mai pe larg ce înseamnă *'mai mult decât destul'*? întrebă Victor pe un ton ciufut.

Mike se uită la el interogativ. Nu înţelegea ce l-a deranjat pe Victor, dar replică:

-Atunci când i-am spus individului că putem dovedi că aşa-numitele accidente sunt în fapt crime, a mărturisit participarea la unele dintre crimele comise, sperând să obţină ulterior indulgenţă în stabilirea sentinţei. De asemenea, ne-a spus şi cine a ordonat crimele şi de aceea am avut motiv de arestare pentru ceilalţi doi.

-Iar luni dimineaţă, vom organiza listele cu celelalte poliţe de asigurare vândute de Smidgen, interveni Mark, după ce avu grijă să înghită ce avea în gură, pentru ca Leah să nu se ia de el. I-am contactat pe ajustorii de reclamaţii, iar ei au promis să aibă listele pregătite. Apoi vom verifica să vedem care dintre asiguraţi este conştient că există o asigurare de viaţă pe numele lui şi care nu.

-Cel puţin îi putem aresta pe beneficiari pentru fraudă cu asigurări, sublinie Leah. Probabil că îi vom face pe unii dintre ei să vorbească şi să ne spună cum au aflat despre această schemă.

Victor dădu din cap satisfăcut că detectivii i-au luat recomandările în considerare. Era mai mult decât se aşteptase.

-Încă mai aveţi multe de făcut, observă el, iar Leah aprobă cu o mişcare a capului.

-Da, va lua ceva vreme, dar cel puţin i-am arestat pe cei ce se aflau la conducerea întregii organizaţii, spuse ea. Acum, este vorba numai de a determina cât de vinovaţi sunt ceilalţi şi, desigur, dacă este posibil, să îi arestăm pe instigatorii celorlalte crime care au avut deja loc.

-Asta va fi cam dificil, spuse Victor. Aveţi prea puţine dovezi şi nimeni nu va recunoaşte că a participat la o crimă dacă nu există nimic care să-i oblige.

-Dar putem determina dacă semnăturile de pe acele polițe aparțin oamenilor asigurați, după cum ai spus tu, sublinie Mark. Trebuie să existe vreo hârtie pe undeva cu scrisul lor, continuă el pe o voce încăpățânată, iar Leah fu nevoită să-și ascundă zâmbetul.

Acum Mark îmbrățișa opiniile și sfaturile lui Victor din toată inima. Fusese suficientă o luptă sângeroasă pentru a-i schimba perspectiva detectivului asupra lui Victor.

-Mergem cu vaporul azi? veni întrebarea Mariei de lângă Victor.

Victor își îngustă ochii când își aduse aminte de croaziera promisă și se întoarse spre fetiță.

-Ai promis, spuse ea cu emfază, iar umbra unui zâmbet flutură câteva secunde pe buzele lui Victor.

-Maria, interveni Liliana, Victor a fost rănit noaptea trecută. Va trebui să mergem altă dată.

Victor remarcă atât dezamăgirea din ochii fetiței, dar și îmbufnarea de pe buzele ei. Privi spre Axel să vadă ce părere avea, dar Axel pur și simplu ridică din umeri.

-Depinde numai de tine, mimă Axel, în așa fel încât copilul să nu-l audă.

-Vom merge azi, spuse Victor. Axel pare de acord.

-Uraaa, ovaționară cei doi copii, iar Victor se strâmbă din cauza nivelului decibelilor.

-Când? întrebă Maria imediat.

Victor privi spre Leah şi Axel înainte de a-i da fetiţei un răspuns.

-Cred că am acoperit totul, dădu Leah din umeri. Aşa că am putea merge după ce terminăm prânzul. Ce părere ai? se întoarse ea spre Axel.

-Pentru mine, e perfect. Voi doi vreţi să veniţi? îi întrebă el pe ceilalţi doi detectivi.

-Nu eu, îşi scutură Mike capul. Nu pot veni. Soţia mea e hotărâtă să vadă un film în după-masa asta, aşa că va trebui să mă duc acasă.

-Am cumpărat bilete pentru Jen şi pentru mine la Teatrul Mirvish, aşa că nu pot veni nici eu, spuse Mark deschizându-şi braţele cu regret. Dar îmi place enorm prânzul acesta, se gândi el să menţioneze, cu un zâmbet pentru Liliana.

-Este şi desert, le spuse ea.

Victor se întoarse spre ea, îşi scutură capul şi spuse sarcastic:

-Ai fost o albinuţă foarte ocupată în dimineaţa asta, din câte văd.

-Oamenii reacţionează diferit la stres, îi replică Liliana. Eu una, când sunt tensionată, gătesc. Mai mult decât atât, copiii se aşteaptă să aibă un desert la sfârşitul săptămânii, ridică ea din umeri. Slujba de mamă nu-ţi oferă o vacanţă dacă ceva se întâmplă pe neaşteptate, se răsti ea la el, după care se ridică să se ducă în casă.

-Nu am vrut să spun -, încercă Victor să se scuze, dar ea îşi scutură capul şi plecă.

-Va veni înapoi, îl mângâie Maria pe braţ, şi din fericire îl alesese pe cel fără tăieturi. S-a dus numai să aducă desertul. Şi vreau şi eu desert, spuse ea şi se aşeză lângă Victor, aşteptând răbdătoare ca mama sa să se întoarcă cu desertul.

Victor râse şi-şi trecu degetele prin părul scurt al fetei.

-De ce nu-ţi ţii părul lung, ca mama ta? întrebă el, iar curiozitatea îi era clar înscrisă pe chip.

-Pentru că mama nu are pe cineva care o trage de păr, replică ea sec. Lucian mereu profita. Acum nu mai poate, replică ea, ridicând un umăr.

CAPITOLUL 19 – GÂNDURI PREA SERIOASE PENTRU O CROAZIERĂ

Liliana se sprijinea de balustradă privind în depărtare. Nu remarcă rațele care se jucau în apă sau celelalte pânze de pe lac. Adâncită în gândurile sale, pritocea ce ar trebui să facă.

Nu era îngrijorată din cauza copiilor. Axel le ceruse să poarte vestele de salvare și, de când începuseră croaziera, amândoi copiii îl băteau la cap cu întrebări. La început s-a temut că omul se va sătura de toate întrebările lor, dar el părea să nu se supere de fel.

-Ce-i cu fața asta întunecată? cuvintele lui Victor îi întrerupseră reflecțiile, iar ea îi aruncă o privire fugară și ridică din umeri.

-Doar mă gândesc, replică ea pe un ton liniștit.

-La ce? insistă el, nedorind să abandoneze subiectul.

Victor își sprijini un cot de balustradă și își aplecă capul într-o parte ca să-i vadă chipul mai bine.

-La ce ar trebui să fac.

-În legătură cu ce? mârâi el nerăbdător, găsind că era extrem de frustrant să obțină un răspuns direct de la ea.

Liliana își întoarse fața spre el, iar privirea ei îi cercetă ochii. În cea mai mare parte a timpului, nu-l înțelegea pe Victor deloc. Uneori părea să se păstreze la așa mare distanță de oricine, încât nimic nu părea să-l atingă. Alteori, însă, părea să se supere fără nici un motiv și cât ai clipi din ochi.

După primele câteva zile petrecute în casa lui, Liliana renunțase să mai caute vreo logică pentru acțiunile sau atitudinea lui. Dar cu toate acestea, nu putea trece cu vederea că Victor era un specimen foarte interesant.

-E aproape o săptămână de când am venit aici, spuse ea. Trebuie să mă gândesc la ce trebuie să fac. Nu pot trăi așa, ca într-o bulă, ca musafir în casa ta, dădu ea din umeri.

-Mda, sunt sigur că perioada asta a fost mai plină de evenimente decât te-ai fi așteptat, spuse el, iar gura îi deveni o linie dură. A trebuit să faci față la prea multe.

-Nu prea, admise ea pe o voce blândă. Tu ai fost cel care a trecut prin multe. Eu doar am observat de pe tușă, explică ea.

-Aha, înțeleg. Și ce te gândești să faci?

-Va trebui să verific ce opțiuni am. Nu pot abuza de ospitalitatea ta mai mult de câteva zile. Va trebui să-mi găsesc o slujbă, cred, replică ea, iar nehotărârea i se auzi în voce. Cred că va trebui să obțin o educație în altă profesie pentru că nu văd cum aș putea merge la școală din nou pentru a face medicina, muncind în acelaşi timp şi având grijă şi de copii, adăugă ea cu regret.

-Mai întâi ar trebui să verificăm de ce ai nevoie pentru a obţine o licenţă medicală. Nu cred că trebuie să treci prin toată şcoala. Este posibil să trebuiască să faci unul sau maximum doi ani de studii sau să treci nişte examene.

Ea râse cu amărăciune şi îşi scutură capul.

-Ce mai e acum? Victor întrebă încreţindu-şi sprâncenele.

-Nu am mijloacele financiare să mă întreţin pe mine şi pe copii mai mult de o lună sau două. Nici măcar nu mă pot gândi la un an sau mai mult, îi explică ea, iar colţurile buzelor i se curbară în jos.

-Ce cheltuieli prevezi? Da, va trebui să căutăm o şcoală pentru copii, probabil o grădiniţă, cred, dată fiind vârsta lor. Şi chiar mâine, pentru că anul şcolar a început deja. Dar sunt convins că-ţi vei permite şcoala lor, îi răspunse el pe o voce practică.

-Da, asta e bine şi frumos, dar va trebui să plătesc şi chiria pentru un apartament şi va trebui să pun mâncare pe masă şi..., începu ea să enumere în grabă, socotind fiecare articol pe degete.

-Hei, hei, hei. Ia-o mai încet pentru o clipă sau două. Nu ai nevoie de un apartament. Sunt destule camere în casa mea şi nimeni nu le foloseşte, sublinie el.

-Dar nu pot abuza...

-Nu este nici un abuz, i-o tăie el scurt, tăind aerul cu palma deschisă. Camerele sunt goale. Ar trebui ca cineva să trăiască în ele.

-Dar tot trebuie să plătesc..., începu ea să spună, dar el o opri brusc cu o privire dură.

Când observă că Liliana nu şi-a mai continuat propoziţia, pe buze îi flutură un zâmbet.

-Eşti o fată deşteaptă, observă el cu amuzament sec, ceea ce o făcu să se încrunte la el. Acum nu e cazul să te transformi într-o Valkyrie şi să porneşti război împotriva mea, râse el.

-Dacă nu vrei să plătesc, atunci trebuie să fac ceva pentru tine în schimb, replică ea pe o voce mânioasă.

-Din păcate, nu ceea ce îmi doresc eu cel mai mult, îi ieşiră lui cuvintele din gură înainte să se gândească la ce spunea.

Când şi-a dat seama ce spusese, Victor se uită la ea dintr-o parte, sperând că Liliana nu a priceput sensul cuvintelor lui.

-Ce vrei tu cel mai mult? Poate că pot să-ţi ofer acel lucru, replică ea, neînţelegând despre ce vorbea el.

Victor îşi strânse buzele. Ochii lui se măriră, iar o lumină ciudată jucă în pupilele lui.

-Haide, sunt sigură că pot să fac ce ai tu nevoie, insistă ea.

Victor începu să tuşească pentru a-şi ascunde reacţia la vehemenţa ei. Liliana îl privi confuză.

-Eşti bine? Ce s-a întâmplat? întrebă ea, atingându-i gâtul.

Victor tresări sub atingerea ei şi se dădu câţiva paşi în spate. Îşi scutură capul şi încercă să-şi controleze tusea.

Apoi, îşi întinse braţul pentru a o ţine la depărtare şi îi spuse:

-Nu e nimic, sunt bine. Chiar perfect, adăugă el ca să fie sigur.

Își scutură apoi capul din nou și adăugă cu emfază:

-Nu, nu este nevoie să faci nimic. Ai făcut destule până acum. Vorba ceea, ai gătit, m-ai bandajat, specifică el arătându-și bicepșii. Nu e nevoie să-mi plătești nimic sau să faci ceva.

Cu acele vorbe, se întoarse și plecă de lângă ea. Liliana îl urmări supărată cu privirea. Nu-l putea înțelege pe acel bărbat defel.

Leah se apropie de ea, cu un zâmbet larg pe buze.

-Este totul în regulă? o întrebă ea pe Liliana.

-Nu știu, replică aceasta cu frustrare în voce. Poate că tu poți înțelege mai bine ce vrea Victor să spună, că eu una nu pricep defel, se decise ea să discute cu Leah. Știi, tocmai discutam cu el. A spus că putem rămâne în casa lui, dar că nu vrea să ia bani de la mine, spuse ea, gesticulând agitată. L-am întrebat ce vrea și a spus că nu-mi poate cere ceea ce vrea sau ceva asemănător, continuă Liliana, brusc nesigură de cât de fidel relata totul. Oricum, atunci când i-am spus că îi pot oferi ceea ce vrea, a început să tușească și pur și simplu a plecat, explică ea, iar vocea ei arăta clar că se simțea ofensată.

Spre consternarea ei, Leah izbucni în râs, scuturându-și capul.

-Nu începe și tu, mormăi Liliana printre dinți. De obicei sunt mai deșteaptă decât atât.

-Îmi cer scuze, dar amândoi sânteți atât de amuzanți că nu mă pot abține să nu râd. Ceea ce vrea el ești tu. Este clar ca bună ziua. Cum de nu ți-ai dat seama, nu știu, își exprimă ea mirarea. Și este clar, de asemenea, că şi tu eşti interesată. Din nou, nu înţeleg cum de el nu vede asta, sublinie Leah într-o manieră foarte practică.

După ce-şi făcu opinia cunoscută, Leah se îndreptă spre Axel, care o primi petrecându-şi un braţ în jurul ei, pentru a o strânge lângă el. Ochii Lilianei se măriseră, iar mâna îi zburase la gât în momentul în care auzise cuvintele lui Leah.

Acum, uimită, se uita fix la femeia care se odihnea în îmbrăţişarea lui Axel. Cuvintele lui Leah puneau totul într-un nou context.

Liliana îşi scutură capul. Nu îi venea să creadă că nu înţelesese singură ce se întâmpla. Dar trebuia să admită adevărul. Victor era diferit faţă de toţi bărbaţii pe care îi cunoscuse în trecut şi de aceea nu putea să îi înţeleagă nici acţiunile, nici vorbele.

Simţi ochii lui Victor aţintiţi asupra ei şi-şi întoarse privirea spre el. Pupilele bărbatului se întunecaseră şi intensitatea lor o făcu să tremure. Îşi înlănţui degetele strâns până ce i se albiră falangele. Acum că înţelegea sensul cuvintelor lui de mai devreme, se simţea ca şi cum se afla într-un ocean de nehotărâre.

CAPITOLUL 20 – UN NECAZ

NU VINE NICIODATĂ

SINGUR

Până vineri, copiii reuşiră să nu se mai plângă atât de mult că trebuiau să meargă la grădiniţă. Oricum, până atunci, Victor se resemnase deja.

Dimineţile zgomotoase deveniseră ceva normal. Nu mai credea că ar fi existat vreo metodă care să-i facă pe copii să iasă din casă dimineaţa fără ca ei să fie răutăcioşi cu mama lor.

Miercuri, Victor se decise să-i ducă el cu maşina pe copii la grădiniţă singur. Nu îndrăzneau să fie atât de vocali cu el, iar soluţia lui îi asigura un pic de linişte măcar pentru o vreme. De atunci, îşi asumase sarcina de a-i conduce el la grădiniţă şi nu-şi regretase hotărârea nici pentru un moment.

Vineri, în timp ce conducea înapoi spre casă, după ce îi lăsase pe copii la grădiniţă, Victor se gândi să o sune pe Leah sau pe Axel ca să afle cum mai mergea cazul.

Nici unul dintre ei nu îl mai sunaseră de marţi, de când îl anunţaseră că fusese într-adevăr corect în evaluarea sa. Oamenii asiguraţi nu ştiau nimic despre poliţele de asigurare care fuseseră cumpărate pe viaţa lor.

Poliţia începuse să îi adune pe beneficiari pentru interogare, iar Victor nu mai putea de nerăbdare să afle ce descoperiseră.

După ce-şi parcă maşina, se îndreptă spre casă, bucurându-se de căldura zilei. Temperaturile erau destul de ridicate, iar el se gândi să profite de vremea bună şi să-i ducă pe Liliana şi copii la Cascada Niagara ziua următoare.

Îşi lăsă cheile în bolul pe care-l aşezase în acest scop pe masa din holul de la intrare, iar apoi, nevăzând-o pe Liliana nicăieri, îşi scoase telefonul mobil din buzunar şi îl sună pe Axel în drum spre biroul său.

Se gândise că era mai probabil ca Axel să-i răspundă la apel. Presupuse că Leah s-ar putea să fie încă ocupată cu interviurile.

-Hei, salut, îi răspunse Axel. Cum mai merge treaba?

Tocmai îşi deschisese gura să-i răspundă, când o voce dură lătră din spatele lui, venind din dreptul uşii de la sufragerie:

-Închide telefonul şi pune-ţi mâinile sus.

Victor îşi ridică privirea şi văzu copia identică a omului morcov, care ţintea un pistol aţintit spre el. Ochii îi fulgerară cu supărare. Dacă nu se întâmpla un lucru, atunci cu siguranţă se întâmpla altceva.

Pe o voce calmă, deşi numai calm nu se simţea, replică:

-Ține-ți nerăbdarea în frâu. Închid telefonul acum.

Pretinse că a închis telefonul, dar de fapt apăsă pe tasta speaker. Spera că Axel va înțelege ce se întâmplă și va face ceva. Dar mai important de atât, spera că Axel a auzit vocea bărbatului și nu va spune nimic ca să-l dea de gol că nu deconectase convorbirea.

Nici măcar nu se gândi să bage telefonul înapoi în buzunar, ci, ținându-l în continuare în mână, întrebă:

-Ce vrei?

Bărbatul avansă spre el cu o față întunecată. Încruntarea îi întuneca chipul palid, și ochii lui îl fulgeră pe Victor.

-I-ai luat viața fratelui meu, iar acum eu o voi lua pe a ta, îi spuse el de-a dreptul, iar chipul lui trăda tot la fel de multă emoție ca și când ar fi vorbit despre vreme.

Victor se dădu înapoi câțiva pași, încercând să determine ce șanse avea, dar bărbatul îl urmări pas cu pas, demonstrând că avea răbdarea unui vânător.

-Un ochi pentru un ochi, înțeleg, eh? observă Victor pe un ton moale, iar bărbatul aprobă dând scurt din cap. Totuși, cred că-ți dai seama că nu am avut de ales, încercă Victor să discute rațional cu el, deși se îndoia că exista vreo posibilitate să reușească.

-Ai avut o alegere – să mori. Tu trebuia să mori, nu el, bărbatul ridică din umeri. Oricum, nu-mi mai pasă. Vei muri azi. Dar mai întâi vreau să văd că suferi, își anunţă el planul cu un rânjet pe buze. Unde e femeia? întrebă el pe un ton ferm.

-Care femeie? întrebă Victor.

Pretinse că nu-l interesa conversaţia şi merse chiar atât de departe încât să-şi verifice unghiile şi spatele palmei, de parcă ar fi fost extrem de importante în acel moment.

-Nu fă pe prostul. Vreau femeia mai întâi. M-am uitat în jur, dar nu am văzut-o. Deci unde este? Oricum, o vom aştepta să apară mai întâi. Dacă o ucid pe ea, asta te va face să suferi. Păcat că nu va dura destul de mult, spuse el cu regret. Va trebui să te ucid curând după aceea, dar, cel puţin, îmi vei fi gustat mânia, dădu el din cap cu satisfacţie când văzu scânteia neagră din ochii lui Victor.

Victor încercă să-şi ordoneze gândurile. Până atunci Axel nu spusese nimic, ceea ce însemna că era conştient de ce se întâmpla. Probabil că pusese telefonul pe mut pentru că nici măcar o resiraţie uşoară nu se auzea pe linie. Nici nu îndrăzni să se gândească că Axel ar fi deconectat apelul.

Nu-şi putea imagina însă unde se dusese Liliana. Aceasta se aventurase afară din casă de câteva ori în decursul ultimelor zile, dar niciodată nu mersese prea departe. Întotdeauna stătea aproape de casă. Nu îndrăznea să facă incursiuni mai lungi în oraş pentru că nu cunoştea oraşul încă.

Oricum, lui nu-i spusese nimic despre vreo ieşire în oraş în dimineaţa aceea. Victor spera numai că Liliana nu se va întoarce acasă înainte ca Axel să fi putut interveni.

-Acum îngenunchează aici, bărbatul cu părul ca morcovul lătră arătând spre podea cu pistolul. Şi pune-ţi mîinile la spatele capului, se gândi el să adauge.

Victor îşi scutură capul a refuz, iar bărbatul se uită urât la el.

-De ce aş face ce-mi spui? întrebă Victor. Oricum mă vei ucide, aşa că nu văd să am vreun avantaj dacă îţi ascult ordinele, ridică el din umeri.

-Dar te pot împuşca în aşa fel încât să te ţin viu o vreme, bărbatul mârâi.

-Şi cu ce m-ar motiva chestia asta? replică Victor privindu-l pieziş.

-Păi, va fi mai dureros pentru tine în timp ce aştepţi să-ţi dai duhul, îi explică iritat omul morcov.

-Considerând că voi muri destul de curând, ideea că aş avea parte de durere nu mă macină prea mult. Nu reprezintă ceva cu adevărat important pentru mine, replică Victor cu indiferenţă, iar comportamentul lui îl făcu pe celălalt bărbat să strângă din dinţi.

-Te voi împuşca în burtă. Din câte înţeleg, ar trebui să fie o moarte foarte de dureroasă. Acum îngenunchează, urlă el.

-Nu neapărat, îl contrazise Victor, vocea lui rămânând calmă, intenţia lui fiind să-l calce pe celălalt pe nervi.

-Ce? strigă omul cu pistolul, înfuriat de refuzul continuu al lui Victor de a-i urma ordinele.

-Spuneam numai că dacă mă împuşti în burtă nu înseamnă automat că voi avea o moarte lungă şi îndelungată, îi explică Victor cu răbdare.

Depinde de traiectoria glonţului, să ştii. Iar asta nu este ceva ce poţi planifica dinainte. Aş putea la fel de bine muri şi pe loc, sublinie el.

-Ţi-ai pierdut minţile? strigă bărbatul din nou, pur şi simplu uluit de îndrăzneala lui.

-Nu, îşi scutură Victor capul. Te asigur că sunt în toate facultăţile mentale. Dar de asemenea ştiu şi ce poate face un glonte. În teorie, vreau să spun. Încă nu am avut o astfel de experienţă eu însumi. Faptul că vrei ca eu să sufăr nu înseamnă automat că voi şi suferi, dădu el din umeri din nou, cu indiferenţă, deşi, de fapt, îşi supraveghea adversarul cu atenţie.

Era mai mult ca sigur că atacatorul său îşi ieşise deja din pepeni. Faţa i se contorsionase, iar ochiii îi luceau cu sălbaticie.

Victor nu ştia dacă avea sau nu vreo şansă de a ieşi din situaţia aceea viu şi nevătămat, dar spera să poată să-l enerveze pe om într-atât de mult încât acesta să decidă să-l atace fizic, astfel uitând că avea pistolul în mână, ori cel puţin să câştige destul timp pentru ca Axel să sosească şi să-l ajute. Nu se îndoia defel că acesta îi spusese deja lui Leah despre ce se întâmpla în casa lui.

-Eşti ţăcănit, trase bărbatul concluzia şi după aceea ridică mâna cu pistolul. Cred că mai bine te împuşc acum şi apoi o aştept pe femeie. S-ar putea să mă şi distrez un pic cu ea mai întâi, înainte de a o ucide, vreau să spun, rânji el, iar Victor văzu roşu în faţa ochilor.

Bărbatul eliberă siguranţa de la trăgaci şi armă pistolul. Îşi întinse braţul, iar acum, chipul îi deveni rece și indiferent. Degetul său arătător începu să apese pe trăgaci.

Victor se resemnă. Știa că probabil va muri în secunda următoare. Era conștient că și dacă l-ar fi atacat pe bărbat, nu ar fi avut timp să ajungă la el înainte de a fi secerat de gloanțe. Dar, indiferent de rezultat, știa că trebuia măcar să încerce, așa că se aruncă spre el, în același timp lăsând telefonul mobil să cadă la pământ.

În acel moment, Liliana ieși în fugă din birou, desculță, ca să nu facă nici un zgomot. În mână, avea pregătit unul din uriașele dicționare tehnice ale lui Victor. Cu un strigăt feroce, demn de orice luptător feroce, îl pocni pe atacator peste cap cu dicționarul.

Capul omului se întoarse la dreapta în urma impactului, dar, în același timp, degetul său apăsă pe trăgaci, iar glontele traversă brațul lui Victor, același braț stâng care nu avusese încă șansa să se vindece complet.

Glontele urmă o traiectorie în sus, prin biceps, iar apoi, după ce a parcurs doar vreo trei centimetri prin mușchi, ieși din brațul lui Victor, parcurse distanța până la bordura din lemn care decora tavanul livingului și se infipse în lemn.

Șocat din cauza impactului, Victor reuși numai să geamă și se holbă la femeia care acum respira cu dificultate. Chipul ei se albise, iar ochii ei ciocolatii străluceau puternic.

Cu un șut puternic, Liliana îndepărtă arma de lânga mâna bărbatului, iar forța loviturii trimise pistolul la câțiva metri depărtare. După aceea, Liliana se grăbi spre Victor.

-Eşti în regulă? îl întrebă ea, iar vocea îi tremura de îngrijorare.

Victor îi aruncă o privire neîncrezătoare care arăta clar că el considera că Liliana îşi pierduse până şi ultima brumă a raţiunii. Nu era nici o îndoială că şi ea putea vedea că glonţul îi trecuse prin braţ pentru că în momentul impactului, sângele ţâşnise din rană. El unul îl simţise.

Când ajunse la el, degetele ei tremurătoare îi atinseră bicepsul, iar Victor tresări. Glonţul pătrunsese foarte aproape de rana lăsată de cuţit cu câteva zile în urmă.

El îi scutură mâna de pe el şi se îndreptă în grabă spre omul care începuse să se mişte. Îl puse din nou la pământ cu un pumn puternic în tâmplă, iar omul, cu un geamăt profund, îşi pierdu cunoştinţa din nou.

Victor oftă uşurat, iar apoi îşi întoarse privile spre Liliana care îngheţase pe loc.

-Adu-mi ceva să-i leg mâinile, o rugă el cu blândeţe, când văzu lumina sălbatecă care încă îi dansa în ochi.

Liliana dădu din cap şi fugi spre dulapul din hol. Se întoarse cu o frânghie după numai câteva momente şi i-o înmână.

Victor observă că mâinile femeii încă tremurau vizibil din cauză că adrenalina din corp i se disipase, dar, din păcate, nu era încă momentul potrivit să o consoleze.

Abia reuşise să îi lege mâinile bărbatului când sunetul portierelor trântite cu putere îi ajunseră la urechi.

-Presupun că Leah şi Axel au ajuns, remarcă el pe un ton uscat, iar apoi, cu un geamăt, se ridică în picioare.

Se strâmbă când simţi arsura unei dureri noi, care, evident, se alăturase nenumăratelor dureri care şi aşa îl asaltau constant de zile în şir. Cel puţin se obişnuise cu celelalte de-a lungul ultimelor zile.

-Apropo, unde erai? îşi întoarse el capul spre ea în drumul său spre uşă. Mi-a spus că nu te-a găsit când a cercetat casa.

-Eram în birou. Foloseam laptopul tău să caut ceva pe Internet când am auzit zgomotul pe care îl făcea. Nu mi s-a părut că are prea mult talent la spart case. Face mult prea mult zgomot, spuse ea, încreţindu-şi nasul cu dezgust. Omului îi lipsesc aptitudinile de bază, îşi scutură ea capul. Oricum, am închis laptopul şi m-am ascuns sub birou, dădu ea din umeri cu indiferenţă. Ştiu, nu a fost o mişcare foarte isteaţă din partea mea, dar nu vedeam unde altundeva puteam să mă ascund. Nu există nici un loc în biroul ăla unde să te poţi ascunde. Ar fi trebuit să mă găsească imediat, dar cred că a verificat camera aşa, în mare. L-am auzit mergând la etaj după aceea, dar nu ştiam dacă aş fi avut timp suficient să fug afară din casă, aşa că am rămas acolo până ce a decis să te împuşte, îi explică ea.

-Aha, înţeleg, murmură Victor şi-şi scutură capul. Mă rog, cred că ar trebui să-ţi mulţumesc, bodogăni el, deşi glontele ăla tot m-a găsit, adăugă el, părăsind încăperea.

În urma lui, Liliana îşi exprimă sentimentele jignite cu un icnet zgomotos. Nu-i venea să creadă că era atât de lipsit de gratitudine.

***

-Tocmai îl căutam pe individ când a venit apelul tău, explică Leah pe un ton apologetic.

Ofiţerii în uniformă îl încătuşaseră deja pe bărbat şi îl luaseră afară la maşina de poliţie. Între timp, Liliana îl bandajase pe Victor din nou sub ochii paramedicilor, iar apoi plecase spre bucătărie.

-El este al treilea om care a luat parte la omoruri, îi spuse Leah.

-Înţeleg, răspunse Victor dând din cap. Nu te acuz de nimic. Se pare numai că am o perioadă când ghinioanele se ţin lanţ de mine, dădu el din umeri.

-Ei bine, ai fost înjunghiat, pocnit, împuşcat... o mulţime, interveni Axel pe un ton sec. Da, aş spune că într-adevăr ai o perioadă serioasă de ghinioane. Să sperăm că s-a terminat.

-Şi cu toate acestea, ai supravieţuit, de fiecare dată, remarcă Mark cu uimire şi veneraţie, iar Victor îşi dădu ochii peste cap, dezgustat de admiraţia vădită a bărbatului mai tânăr.

El unul nu vedea nimic de admirat. Îl durea trupul peste tot, şi nici nu voia să se gândească la cât de mult sânge pierduse. Îşi întoarse capul de la detectivi şi-şi ciufuli părul cu degete nerăbdătoare.

Ochii îi căzură pe barul ascuns pe care-l instalase în birou şi decise să se trateze cu un pahar de whiskey. Îl merita, în fond.

Deschise barul şi scoase sticla pe care Leah şi Axel i-o oferiseră cadou de ziua lui.

-Vrea careva din asta? se întoarse el spre ei şi-i întrebă ridicând sticla ca să o vadă.

Detectivii îşi scuturară capetele cu regret. Erau în timpul serviciului şi regulamentul le interzicea să bea alcool.

-Mda, probabil că nu este o ofertă prea bună pentru voi în acest moment, murmură Victor. Îmi pare rău, prieteni, dar după aceste ultime două săptămâni, cred că am nevoie de un pahar, chiar dacă mă veţi considera nepoliticos, spuse el şi-şi turnă o porţie generoasă într-un pahar pântecos, pe care, de asemenea, îl scoase din bar.

-Eşti sigur că nu vrei să mergi la spital? îl întrebă Leah, îngrijorată că Victor fusese rănit de prea multe ori în ultima vreme.

Victor îşi scutură capul.

-Liliana a oprit sângerarea... Desigur, având grijă să facă tot posibilul să mă doară şi mai rău decât înainte, se gândi el să adauge pe un ton ursuz, iar o grimasă i se urcă pe buze, chiar dacă era conştient că era numai răutăcios. A pus şi nişte antibiotic pe rană, aşa că sunt acoperit.

-Şi eu am considerat că ar trebui să meargă la spital pentru a fi consultat, dar este căpos ca un asin, vocea Lilianei veni dinspre uşă.

După ce îi curăţise rana şi i-o bandajase, Liliana se hotărâse să facă nişte cafea şi se încăpăţânase să nu ia în calcul nici unul dintre argumentele pe care el le prezentase împotriva inițiativei sale.

'E ca și cum ar vrea să fiu cât se poate de treaz ca să mă pot bucura cât mai bine de toate durerile,' reflectă el cu resentiment, iar chipul i se întunecă de necaz.

Liliana puse tava cu cești pe birou și turnă cafea în fiecare ceașcă. Îi invită pe detectivi să se servească ei înșiși cu zahăr și lapte, iar apoi se îndreptă și se întoarse spre Victor.

Când privirea îi căzu pe paharul de whiskey din mâna lui, se încruntă și se îndreptă cu pași apăsați spre el. Îi smulse paharul din mână exact când Victor voia să soarbă din băutură din nou, iar whiskey-ul țâșni din pahar și îl stropi pe față și pe cămașă.

-Ce naiba? exclamă el livid, ștergându-și fața cu un gest nervos.

Ochii i se lărgiseră și o grimasă întunecată îi umbrea chipul. Nu-i venea să creadă că femeia a avut tupeul să-i smulgă paharul din mână.

-Nu bei alcool într-o astfel de situație, tembelule. Abia ai luat un antibiotic și un calmant. Nu am insistat să mergi la spital, e adevărat, dar asta nu înseamnă că voi sta deoparte și îți voi permite să te omori singur, replică ea furioasă și turnă băutura din pahar în ghiveciul cu flori aflat pe pervarzul de la fereastră.

-Sunt din plastic, observă el pe un ton sec. Florile sunt din plastic, clarifică el când ea îl privi uimită.

Liliana se înroși violent, dar ridică din umeri nonșalant.

-Nu ştiu eu prea multe despre plante şi grădinărit, mormăi ea, dar ştiu despre chestia asta, spuse ea arătând spre bandajul pe care-l aplicase pe braţul lui.

Detectivii se luptau să-şi stăpânească râsul. Mark se holba la nişte pete invizibile de pe tavan şi îşi muşca buza inferioară. Se îndoia că ar fi fost o idee prea bună să izbucnească în râs chiar atunci. Se temea că Victor i-ar vrea capul în acel caz.

Victor se uită urât la Liliana câteva momente, iar apoi se întoarse spre detectivi.

-Deci ce se întâmplă acum? întrebă el.

Spre uluirea lor, imediat după ce le pusese întrebarea, Victor ieşi pe uşă. Fără nici un fel de legătură cu ceea ce tocmai spusese, Victor aruncă peste umăr:

-Hai, să ieşim pe terasă. Nu este suficient spaţiu pentru noi toţi aici.

În câteva secunde, părăsise deja încăperea, iar detectivii tot se mai uitau în urma lui, şocaţi de comportamentul lui.

Liliana numai oftă şi se îndreptă spre birou pentru a pune ceştile înapoi pe tavă ca să le ducă afară pe terasă.

-Nu te obosi, îi opri Axel mişcările. Fiecare îşi va lua ceaşca.

Când ajunseră pe terasă, Victor era deja aşezat pe locul său obişnuit de pe sofa. Îşi întinsese picioarele în faţa lui şi îşi încrucişase braţele peste stomac. Îi privea sfidător, chipul îi era beligerant, iar ochii îi deveniseră duri.

-Deci, întrebă el după ce ceilalţi au luat şi ei loc, la ce alte atacuri mai trebuie să mă aştept?

-La nici unul, îi replică Leah cu convingere.

-Ești sigură? o întrebă el din nou. Pentru că dacă nu ești sigură, atunci îi voi trimite pe Liliana și pe copii într-o vacanță prelungită în afara provinciei. Nu-i voi pune în pericol din nou, declară el cu hotărâre.

-Nu suntem obiecte să fim trimiși undeva de parcă am fi colete poștale, Liliana observă pe o voce aspră. Dacă vrei să plecăm din casa ta, bine, vom pleca, dar asta...

-Am spus eu ceva de acest gen? Că vreau să plece din casa mea? o întrerupse Victor, punând întrebarea celorlalți și nu ei. Am spus numai că nu vreau să vă pun în pericol, accentuă el cuvintele, întorcându-se spre ea și încercând să o intimideze cu privirea lui aspră.

Pentru o clipă, deconcertată, Liliana nu știu ce să-i răspundă, iar Axel profită de tăcere.

-Da, suntem siguri, Victor. Absolut fiecare persoană implicată în acest caz a fost arestată. Îl mai căutam doar pe geamănul omului morcov, dar acum și el este scos din circulație. Poți să-ți continui viața fără să te temi că ar veni careva după tine, îi explică el cu răbdare.

-Deci cazul este închis? întrebă Victor cu scepticism.

Nu credea nici măcar pentru o clipă că reușiseră să închidă cazul atât de rapid.

-Nu, desigur că nu este. Dar ce a mai rămas de făcut, este să-i adunăm pe toți cei care au cumpărat aceste polițe de asigurare și care au instigat la crimă, explică Leah. Ceea ce înseamnă că Axel ți-a spus adevărul. Nu mai sunteți în pericol. Cei care comiteau crimele sunt deja arestați.

-Deci atunci pot să-i duc pe copii la cascada Niagara mâine? întrebă el, iar ochii Lilianei se măriră.

-Cum vrei să conduci cu brațul acela? l-a întrebat ea, nevenindu-i să-și creadă urechilor.

El se mulțumi să dea din mână ca și cum întrebarea ei nici nu merita atenție, iar Axel își scutură capul.

Se aplecă peste Victor și, scuturându-și capul din nou, șopti:

-Ar trebui să înveți cum să-ți alegi bătăliile, Victore.

În ciuda precauțiilor sale, Leah i-a auzit cuvintele, iar ochii i se îngustară. Axel se mulțumi numai să ridice din umeri, ca și cum nu ar fi fost vinovat de nimic.

***

Victor îi duse pe Liliana și pe copii la Cascada Niagara numai după alte două săptămâni. Subestimase încăpățânarea și șirea spinării de oțel al unei femei din țara sa de baștină, și după aceea își promisese să nu mai facă aceeași greșeală a doua oară.

Făcuse un compromis și acceptase ca ea să gătească pentru el ca să nu se mai simtă obligată față de el, dar nu acceptă nici un fel de compromis și refuză toate ofertele Lilianei când veni vorba despre spălatul rufelor și curățenie. Linia trebuia trasă undeva.

După ce ieşiseră cu copiii în oraş de câteva ori, Victor şi-a adunat curajul să o invite în oraş la o întâlnire, numai ei doi. Se oţelise să-i audă refuzul, iar când ea i-a acceptat invitaţia a fost complet şocat.

Evident că a înşfăcat şansa imediat, iar Leah şi Axel au fost chemaţi să stea cu copiii. Îndrăzneala lui a uimit-o pe Liliana, ceea ce el a considerat că era un lucru excelent. Aşa, cel puţin, nu-şi mai putea găsi cuvintele pentru a-i contracara planurile.

Întâlnirea a mers destul de bine, conform standardelor sale. Alesese un restaurant bun, unde se puteau bucura de o cină de calitate, dar unde puteau şi dansa şi asculta muzică bună.

Cu toate acestea, Victor s-ar fi simţit şi mai bine dacă ea nu s-ar fi supărat un pic la sfârşitul serii. El chiar nu înţelegea de ce Liliana s-a enervat atunci când el l-a intimidat pe individul acela.

Bărbatul doar văzuse că Liliana era cu Victor. Mai mult decât atât, Liliana îi refuzase bărbatului invitaţia la dans, dar el totuşi a insistat.

Victor nu credea defel că reactionase exagerat. El pur şi simplu şi-a declarat intenţiile. Acum trebuia doar să acţioneze calm, cu răbdare, până ce obţinea absolut totul. În fond, ştia întotdeauna ce trebuie să facă pentru a obţine ceea ce îşi dorea.

NOTĂ PRIVIND GRĂDINA

MUZICALĂ DIN TORONTO

GRĂDINA MUZICALĂ DIN TORONTO a fost proiectată de către violoncelistul faimos pe plan internațional Yo-Yo Ma și designerul peisagistic Julie Moir Messervy, în colaborare cu departamentul Parcurilor și Recreării al Orașului Toronto. Grădina reprezintă o reflectare în peisaj a Suitei nr. 1 în G Major a lui Bach numai pentru violoncel, BWV 1007. Fiecare mișcare de dans din cadrul Suitei nr. 1 în G Major a lui Bach numai pentru violoncel, BWV 1007 corespunde diferitelor secțiuni ale grădinii:

PRELUDIU reprezintă un râu meandrat cu curbe și meandre. Prima mișcare a suitei melodiei descrie un râu care curge la vale. Bolovani de granit aduși de la marginea sudică a Scutului Canadian reprezintă patul unui pârâu, ale cărui maluri sunt îmblânzite de plante joase. Întregul ansamblu este încoronat cu o alee cu copaci din genul Hackberry (Celtis occidentalis), ale căror trunchiuri drepte sunt așezate la distanțe precise, sugerând măsuri ale melodiei.

ALLEMANDA reprezintă o pădure gen dumbravă cu cărări meandreate. Alemanda, un dans nemţesc vechi, este interpretat aici sub forma unei păduri de mesteacăn, cu zone variate unde se poate sta jos pentru contemplare, aceste zone regăsindu-se din ce în ce mai sus pe pantă. Panta culminează cu un punct de observaţie cu stânci de unde se poate admira portul printr-un cerc de copaci din genul Sequoia cu trunchiul roşu (Dawn Redwood).

CURANTA este descrisă printr-o cărare ce se învârte printr-un tăpşan cu flori sălbatice. Originar dintr-o formă de dans italienesc şi franţuzesc, acest dans este interpretat aici ca un vârtej uriaş, îndreptat în sus, care trece printr-un câmp luxuriant de ierburi şi plante perene în culori strălucitoare ce atrag păsările şi fluturii. În partea de sus, un arminden se învârte în vânt.

SARABANDA este o dumbravă de conifere, plantate sub forma unui arc. Această mişcare se bazează pe o formă veche de dans spaniol, iar calitatea sa contemplativă este interpretată aici ca un cerc cu arcul îndreptat spre interior, închis de copaci din genul coniferelor. Piesa centrală a grădinii este o piatră uriaşă ce funcţionează ca scenă pentru citiri de poezie şi proză şi adăposteşte şi o mică suprafaţă de apă care în care se reflectă cerul.

MINUETE – reprezentate de straturi de flori formale. Acest dans franţuzesc, contemporan lui Bach, reflectă simetria şi geometria designului acestei mişcări. Un pavilion circular este proiectat să adăpostească mici ansambluri muzicale sau de dans.

GIGUE este reflectat în trepte create din ierburi uriaşe care te conduc în paşi de dans spre lumea exterioară. Gigue-ul sau "jog", este un dans englezesc. Melodia sa vioaie este interpretată ca o serie de trepte de ierburi gigantice ce oferă posibilitatea vizualizării portului. Treptele formează un amfiteatru curbat care priveşte spre o scenă de piatră aşezată sub o salcie plângătoare. Tufişuri şi plante perene formează braţe largi, care închid grădina ici colea, încadrând panorame ale portului.

Sursa:
http://www.harbourfrontcentre.com/venues/torontomusicgarden/

BONUS – REȚETĂ PENTRU

PRĂJITURA GRETA GARBO

Ingrediente

Pentru foi: 500 g făină, 2 ouă (opțional), 200 g margarină pentru copt, 1 linguriță de bicarbonat de sodiu stins cu o linguriță de oțet, puțină sare

Pentru umplutură: 200 grame nuci măcinate, 200 grame zahăr, gem de caise 400 sau 500 grame

Glazura: 200 grame zahăr, 3 lingurițe cacao, 3 lingurițe ulei, 4 lingurițe apă

Preparare

Se amestecă bine ingredientele pentru foi și se întind 4 foi.

Nucile măcinate se amestecă cu zahărul pentru umplutură și se pune deoparte.

Se unge o tavă cu margarină și se tapetează cu făină.

Se pune prima foaie în tavă, se întinde un strat subțire de gem peste ea și se presară cu nucile amestecate cu zahăr. Se face același lucru cu a doua și a treia foaie. Se plasează utima foaie peste ultimul strat de umplutură.

Se pune tava la cuptorul încălzit la temperatură medie (350F sau 190C). Se lasă în cuptor timp de 30 de minute. După ce s-a scos tava, se lasă să se răcească și se pregătește imediat glazura.

Se pun toate ingredientele pentru glazură într-un vas care se pune pe foc. Se amestecă aproape continuu cu o lingură de lemn. Când glazura începe să fiarbă, se continuă să se amestece timp de două minute. Se ia de pe foc și se întinde peste prăjitură imediat, folosind o lingură de lemn pentru a o întinde peste tot. Aceasta trebuie făcut rapid pentru că glazura se va întări.

Lăsați prăjitura în tavă peste noapte, iar dimineața, o puteți tăia după cum doriți: în pătrate, romburi sau felii.

Durată: 1 h

BIOGRAFIA AUTOAREI

Născută în Europa, în urmă cu ceva timp, scriitoarea a început să iubească cărțile de timpuriu. Următorul pas a fost ușor: scrisul a devenit atât vis cât și țel.

Îi place să scrie și să facă prăjituri – aceste două pasiuni se potrivesc. De asemenea, îi place să petreacă timp cu câinele ei – sau cel puțin marea parte a timpului, pentru că, de fapt, acesta este un drăcușor.

O călătorie în Scoția a făcut-o să-și dăruiască inima unei țări minunate și unor oameni extraordinari. De aceea a ales un detectiv scoțian pentru marea parte a romanelor sale polițiste.

CĂRȚI SCRISE DE ROXANA NĂSTASE

Nebunie pe Strada Privighetorii – Seria McNamara – Vol I

Mirosuri și Umbre – Seria McNamara – Vol II

Seria McNamara – Box set (Vol I și II)

Un Epitaf Potrivit

O Femeie Bisericoasă

În curând va apărea:

Legături Relative – Seria McNamara – Vol III

==

Vă mulţumesc pentru că aţi citit romanul **Un Imigrant**.

Dacă v-a plăcut, vă rog să le spuneţi şi prietenilor dumneavoastră sau să postaţi o recenzie scurtă. Cuvântul purtat din gură în gură este cel mai bun prieten al unui autor şi este extrem de apreciat.

Vă mulţumesc,
Roxana Năstase.

===================================

Pentru a afla despre lansări noi de carte, vă rog să subscrieți la buletinul meu informativ de pe: www.roxananastase.weebly.com.